Tándem

Maria
Barbal

Tándem

Maria Barbal

Traducción de
Manuel Pérez Subirana

Ediciones Destino
Colección Áncora y Delfín
Volumen 1522

Título original en catalán: *Tàndem*

Ediciones Destino es un sello de Editorial Planeta, S. A.
Diagonal, 662-664. 08034 Barcelona
www.edestino.es
www.planetadelibros.com

Primera edición: febrero de 2021

ISBN: 978-84-233-5874-8
Depósito legal: B. 1.435-2021
Preimpresión: Realización Planeta
Impreso por Rodesa, S. L.
Impreso en España - *Printed in Spain*

El papel utilizado para la impresión de este libro está calificado como **papel ecológico** y procede de bosques gestionados de manera **sostenible**.

I

Armand

I

Siempre nos falta alguna cosa, y cuando yo descubrí a Elena a mí me faltaba casi todo. Me limitaba a existir.

Era un día de primavera arisca, de esos de finales de marzo, cuando en Barcelona sopla el viento y refresca pero hacia mediodía hay que empezar a quitarse la ropa porque el calor ha penetrado ya en los cuerpos despistados. No suelo llevar americana, soy de los que prefieren la elasticidad del punto, y además Remei, en los últimos tiempos, se entretenía tejiendo chaquetas. Tengo cuatro, de colores diferentes. No, no murió de cáncer. No fue ninguna larga enfermedad. Una tarde, justo después de empezar la que habría sido la quinta pieza, y tras anunciarlo diciéndome que aún no tenía ninguna chaqueta de color verde, me dijo me duele la mollera, así mismo, y se llevó la mano a la cabeza como un niño pequeño. Al cabo de nada estiró los pies y expiró; las agujas, con las que ya había tejido algunas hileras, se deslizaron por su falda, y yo corrí a llamar a emergencias, desorientado y confuso. Era la primera vez que veía morir a alguien, y justamente le tocó a Remei, la persona de quien me había enamorado hacía ya demasiado tiempo.

Para empezar a hablar del encuentro con Elena he escrito sobre la primavera y he recalado en Remei. No era mi intención. Ni mucho menos. Empezaré de nuevo.

A causa de mi dolor de espalda y porque le dije que dormía mal, el médico me había aconsejado que practicara yoga, así que me apunté a un grupo de iniciación en el Centro Cívico de Cotxeres, en el barrio de Sants, donde vivo. En mi primera sesión, me di cuenta de que era el único hombre entre al menos una docena de mujeres. No era lo ideal, pero, a mi edad, esa situación, que años atrás me habría resultado incómoda, ahora apenas me afectó e incluso acabé encontrándome a gusto.

Cuando una mañana Elena me preguntó si había sido padre de la Escuela Estrella, adonde ella había llevado a su hijo cuando era pequeño, yo casi no recordaba que en un tiempo lejano había sido padre. Debo aclarar que mi hijo está vivo, o eso tengo entendido, pero hace años que vive en Gran Bretaña y desde el día del entierro de Remei no lo he vuelto a ver ni tampoco me ha escrito. Elena me dijo que recordaba a una niña, llamada Sílvia, con la que su hijo Marc siempre quería jugar, pero que era uno o dos cursos más pequeña. Comprendí que me tomaba por el padre de la tal Sílvia. Según ella, un día habíamos ido al zoológico con los niños en compañía de otros padres y madres. Mientras me hablaba, yo veía un rostro lleno de luz y unos ojos bonitos que evitaban el cara a cara.

No acostumbro a mentir, pero el instinto me sopló que, si le confesaba que no era el padre de ninguna Sílvia, adiós muy buenas. Ahora comprendo que inicié así una especie de camino en falso que podría haber tenido consecuencias, pero, como ya he dicho al principio, yo estaba muy necesitado. Creo que la mentira me favoreció de algún modo, pues, tal como me veo, habría sido difícil que mi físico le pareciera interesante sin ser alguien que le resultase conocido. Hay que decir que yo ya me había fijado en Elena, pues entre todas las mujeres del grupo no era de las más mayores y su cuerpo, bien colmado y proporcionado, me resultaba atractivo. De una forma natural, parecía bastante más joven de lo que era en realidad.

A la salida la seguí a cierta distancia sin ningún propósito en concreto, quizá esperando que el azar se mostrase benévolo y me permitiese volver a hablar con ella. Tras caminar un rato junto a otra de las mujeres del grupo de yoga, Elena se despidió de ella y entró en una cafetería. Yo, alarmado ante aquella nueva oportunidad, pasé de largo y caminé un buen tramo de la calle de Sants en dirección a la plaza de España, mirando los escaparates como si necesitase alguna cosa. De pronto me recriminé, empecé a insultarme. No era más que un carcamal, y nunca tendría nada porque no me atrevía a dar ni un paso para conseguirlo. Cuando estuve del todo indignado, di media vuelta y regresé al bar. Allí estaba ella, tomando café, y al acercarme me pareció que, totalmente absorta, acababa de decir una palabra en voz alta.

Siempre me han atraído las mujeres que, en lugar de tomar café con leche, toman café solo. Elena no mostró sorpresa alguna ante mi aparición y empezó a hablar de nuevo de su Marc. Yo, por mi parte, me inventé la vida de una Sílvia que, según planeé, sería mi hija durante un rato y a la que después borraría del mapa.

Así pues, Elena me habló de su hijo. En aquel entonces se dedicaba a la enseñanza, que era a lo que se había dedicado ella, y vivía solo y se veían poco. Por lo que respecta a Antoni, lleva unos diez años en el extranjero. Desde hace tres vive en Bournemouth, una ciudad costera del sur, frente a la isla de Wight, y no parece que tenga intención de regresar.

—Sílvia vive en Alemania.

Tenía que vivir en otro país, no sé por qué lo decidí así, pero ya estaba dicho. Escogí Alemania, y concretamente Colonia, porque había estado allí. Cuando ella me respondió con una pregunta y no supe qué contestar, pude percibir el silencio, pero me pareció una sensación tolerable, incluso bonita, y me quedé un momento como encantado. No repitió la pregunta, parecía como si también ella se sintiera bien sin decir nada. Para entonces, yo ya me había hecho una idea de qué tipo de persona era Elena y estaba un poco aturdido. Lo más curioso era que en la cafetería todo el mundo parecía haberse puesto de acuerdo en interrumpir sus conversaciones. Tras girarme para comprobar si estaba ocurriendo algo extraordinario, le solté:

—Si tienes un hijo que vale tanto, ¿por qué estás tan triste?

Sus ojos entre verde y tostado claro se nublaron. Entonces no estaba seguro, los veía verdes y, al instante siguiente, mientras se erguía, del color que tienen algunas hojas al ser teñidas por el otoño.

2

Me había cambiado rápido para esperarla en la calle. Durante la sesión, Elena y yo no habíamos coincidido el uno al lado del otro. Yo me había puesto al fondo de la sala y, mientras escuchábamos las indicaciones, no le había quitado el ojo de encima ni un momento. Como siempre, la veía serena, y aquella mañana, con el sol que entraba en el aula, sus cabellos castaños brillaban. Me pareció un buen augurio.

Mientras bajaba la escalera, se me unió una de las señoras —llamo «señoras» a las que son mayores que yo—, una simpática viejecita que justo aquel día hubiera deseado lejos de mí y que me empezó a hablar de los efectos que el yoga tenía en su salud. Yo había visto a Elena bajando dos pisos por delante de mí. Normalmente, las mujeres se cambian más despacio que los hombres, y además yo tenía un vestuario para mí solo y acababa enseguida, pero esta vez ella había ido más deprisa. Mientras hablaba con la señora, se me ocurrió que tal vez no quería cruzarse conmigo. Saltándome la debida cortesía, interrumpí a aquella entusiasta del yoga y le dije:

—¡Tengo prisa! Hasta el jueves.

Tengo prisa, tengo prisa.

Cuando llegué a la calle de Sants, no había ni rastro de Elena, se había esfumado. No quería arriesgarme a encontrarme con alguien más del grupo, así que crucé la calle en dirección a casa. Al pasar por la pastelería Vives, eché un vistazo al interior y la vi: a través de la puerta transparente vi su espalda. La esperé junto a la vitrina, sintiendo cómo se me despertaba el hambre.

Me gustó que no dijera nada al encontrarnos, y también que me ofreciera una de las galletas de chocolate que acababa de comprar. Daba la impresión de que los dos caminábamos hacia la misma casa. El tiempo estaba revuelto, unos nubarrones grandes se deslizaban por un cielo de luz viva y clara, creando contrastes. Ahora mucha luz, ahora un poco menos. Pese a la estridencia de los coches que circulaban en direcciones opuestas, tuve la sensación de que el ambiente me daba aire, como si yo todavía mereciese cosas buenas y no fuera todo una absoluta miseria.

—Desde el otro día...

Ella continuaba callada, comía con calma como una niña confiada.

—... me he quedado con ganas de hablar más contigo...

Sentí la necesidad de corregirme.

—... de estar contigo.

—¡Ni que yo fuera Sophia Loren!

Lo dijo muy alto y un hombre que caminaba cerca se giró. Nos echamos a reír y nos detuvimos, el hombre se alejó. Cuando ella adoptó de nuevo su expresión seria, vi que tenía un poco de chocolate en el labio superior, en la parte izquierda, y con un dedo se lo quité, demorando el contacto. Me miró fijamente, y pensé que igual me daba una bofetada.

—¿De qué quieres hablar? ¿De practicar yoga?

En aquel momento, el tiempo me había vuelto a parecer sombrío, y la palabra *practicar* tuvo en mi interior el efecto de un bocinazo.

—Estaremos mejor en un lugar tranquilo.

La agarré de una mano y caminamos deprisa hacia mi piso, no debimos de tardar ni cinco minutos. Temí que me diera un empujón o que se quejara, que me dijera qué mosca te ha picado. Pensé que tal vez preguntaría algo. Pero, como una adolescente que se estuviera escapando de clase con un compañero, permaneció a mi lado y subió la escalera al mismo ritmo que yo, sin decir una palabra.

3

Fue tan fuerte el impacto de aquel encuentro en mi casa que durante las dos semanas siguientes nos vimos después de clase de yoga sin que yo me atreviese a proponerle volver a ella.

A partir de entonces, Elena debía de avisar antes de clase, pues no volvió a utilizar el teléfono delante de mí. Aquel primer jueves, había llamado a un tal Ramir para decirle que comiese solo, como si ya lo tuviera todo preparado, que ella iría a comer con Pilar, lo habían decidido al salir de yoga. Me pareció que decía aquel nombre como si fuese patrimonio común de ella y de quien escuchaba. Yo no pregunté nada, aún no la había llevado a la habitación. El pensamiento se me escapaba celebrando que hubiese cambiado hacía poco el colchón de mi cama mientras le ofrecía una bebida y ella, tras aceptarla, abría la ventana. Cuando regresé de la cocina se había sentado en el sofá. Me habló con una sonrisa en los labios de sus niños y de sus niñas, aquellos pequeñajos que habían llenado gran parte de sus horas cuando trabajaba. Hacía menos de un año que se había retirado. Su aula era como un mundo en miniatura, y cada curso, al cambiar los niños, cambiaba también el paisaje. Ellos pasaban a otro grupo, y ella continuaba con los de cinco años.

Los primeros días de clase, los pequeños alumnos del año anterior todavía la buscaban por los pasillos y se le acercaban, y ella los observaba en el patio o preguntaba por ellos al profesor que les hubiera tocado. Sin embargo, al cabo de poco ya se centraba en su grupo, en los niños y niñas que tendría a su cargo durante ese tiempo, desde septiembre hasta finales de junio. Me dijo que los echaba mucho de menos. Porque eran imaginativos y bellos, eran una esperanza abierta al futuro. Y añadió:

—La mayoría miran cautivados a su alrededor, pero, de vez en cuando, hay alguna o alguno que enfoca la mirada hacia dentro, y a esas criaturas quería sacarles una sonrisa, darles la confianza para avanzar, aunque me costase todo el curso.

Yo he trabajado de técnico de ascensores, y no me salía hablarle de las satisfacciones que me proporcionaban los cables, los engranajes y esas cosas. Era una ocupación que me permitía ir de aquí para allá, lo que me iba bien porque soy inquieto. Los vecinos esperaban ansiosos mi llegada. Casi siempre era muy bien recibido, y no digamos ya cuando me iba y podían volver a usar el ascensor e ir arriba y abajo.

Mientras pensaba en esto, Elena se había quedado muy quieta, y cuando reparé en ella tenía los ojos llorosos. Tras secarle las lágrimas con una mano, la abracé y permanecimos así, en el sofá, mirándonos de cerca y sin decir nada. Después, enjugué los restos de humedad salada de las yemas de los dedos en sus labios, repasando el contorno, hasta que se los besé.

Todo había ocurrido como si fuéramos experimentados actores que sabían qué hacer a cada instante. Cuando se fue, no quiso que la acompañara. Entre la nube de sensaciones extraordinarias que me llenaban hasta desbordarme, me venía a la mente que aquel mediodía, al llegar a la estancia, Elena había avanzado hacia la ventana, como si le faltase el aire. Una vez, esquiando en Núria, yo había presenciado un alud, una masa de nieve que caía sin freno. Aquel gesto suyo desencadenó una avalancha de pensamientos. Se sucedían uno detrás de otro, como si formaran parte del mismo montón, una materia blanca en danza que pasaría a convertirse para mí en una cadena de acciones que habían quedado frenadas años atrás. ¡Un solo gesto de ella me había dicho tanto! Toda aquella cascada blanca y fría sobre mí... Pero también me había traído el ambiente de fuera, con las bocinas y las bicicletas, con el rumor de la gente yendo arriba y abajo mezclados con el aire de la ciudad.

Desde aquel día pasaba la mayor parte de las horas solo en mi piso, limpiándolo y ordenándolo. Tiré ropa y objetos que odiaba y que, por no tener valor para tocarlos, habían seguido a mi lado desde hacía años. Vacié un cajón que estaba lleno de antigua ropa de cama y metí dentro todas las fotos que tenía enmarcadas. Lo que mi desazón no había conseguido tras toda una vida reclamándomelo lo logré en unos pocos días. El resto del tiempo lo dediqué a informarme de pequeñas cosas que había ido sabiendo sobre Elena. Nunca se ponía a hablar de sí misma durante mucho rato, a la manera de una confidencia, más bien iba deslizando algún comentario en función de las circunstancias.

—En Casau lo llaman...

Había vivido los primeros años en un pueblecito al lado de Viella, había estudiado Magisterio y había trabajado en tres escuelas con los más pequeños. Los niños hasta los seis años la cautivaban. Se casó con un barcelonés que hacía la mili allí y se establecieron en la capital. De hecho, no me dijo que estuviera casada, pero ya se sobreentendía. En Barcelona también había encontrado trabajo, pero necesitaba especializarse si quería trabajar con niños de la edad que a ella le interesaba. Al nacer Marc había dejado la escuela, el niño era prematuro y se consagró a él en cuerpo y alma. Eso era todo lo que yo había descubierto tras dos jueves y dos semanas enteras durante las cuales, en un momento u otro, nos habíamos visto todos los días, incluso los sábados y los domingos. Ni una palabra de su pareja, seguramente aquel Ramir de la llamada telefónica. Desde el primer día, ella sabía que yo era viudo.

Fui a la biblioteca, pero no para buscar novelas negras como era mi costumbre, sino para leer sobre pedagogía. En el rostro de la bibliotecaria, que me tenía catalogado dentro de un tipo concreto de lector, descubrí interés por saber el motivo de aquel cambio.

Elena y yo no nos preguntábamos nada. Nos mirábamos, nos abrazábamos, nos besábamos. Yo exploraba su placer y ella me lo devolvía multiplicado. No necesitaba nada más, y creo que ella tampoco. Me encantaba aquella manera que teníamos de comportarnos, pues con anterioridad, cuando había intentado conocer a otras mujeres, siempre había tenido que soportar un interrogatorio inacabable y, después, unas larguísimas confidencias. Y muchos preámbulos. Parecía que había que tener todos los antecedentes antes de. Con ella había coincidido, estábamos bien juntos y procurábamos pasar el uno con el otro el máximo tiempo posible. No negaré que yo pensaba que saber demasiadas cosas puede complicarte mucho la vida y, por tanto, había crecido en mí el deseo opuesto: el de ignorar.

4

La primera contradicción en mi voluntad de no saber era que me hacía preguntas. Yo apenas tenía obligaciones. ¿Y ella? Al poco de vernos, se había arreglado el cabello de una manera que le resaltaba el contorno de la cara; tenía una barbilla pequeña y muy redonda. Se ponía vestidos que la favorecían y yo era consciente de que quería gustarme, pero enseguida comprendí que para ella aún era más importante gustarse a sí misma.

Tuve la impresión de que las clases de yoga de aquel trimestre se acababan de forma abrupta. Cuando la profesora nos dijo que quedaba una sola sesión tragué saliva. Yo no había fallado ni un solo día, pero, como podrá entenderse, por mucho que el yoga me fuese bien, su práctica se había convertido para mí en una cosa secundaria. Me di cuenta de que Elena y yo siempre habíamos quedado en la esquina de la calle de Sants con Olzinelles, que no sabía dónde vivía, que ni siquiera tenía su teléfono. De pronto me vi a mí mismo como un pardillo.

Me quedaba poco tiempo para conseguir una dirección, una cita, un teléfono, lo que fuera. Me pasó por la cabeza que, la próxima vez que viniera a mi piso, en lugar de quedarme remoloneando en la cama tras degustar la dulzura de su cuerpo, la acompañaría a casa. Pero eso implicaría actuar de una manera diferente de la habitual, y era posible que ella lo rechazara. Ya estaba decidido: justo después de que atravesara el umbral de la puerta con un adiós ligero, como solía hacer, yo me vestiría en pocos segundos y la seguiría.

Pero el día de la última clase, un martes resplandeciente, Elena no vino. El aula estaba bañada por una luz primaveral y se respiraba el habitual bienestar, con el plus de lo conseguido durante el trimestre. Todo el rato confié en que acabaría viniendo. La imaginaba entrando, mirándome por un segundo y poniéndose donde hubiera espacio. Incluso me dio por pensar qué haría cuando estuviéramos a punto de realizar los saludos al sol. La profesora daba importancia a estas posturas, y las acostumbraba a proponer hacia el final de la sesión. El último ejercicio, si se puede llamar así, era la relajación. Ella no había aparecido. Yo me había convertido en un saco de nervios y la profesora se me acercó.

—¿Te puedo ayudar?

Cualquiera podía ayudarme. Estaba desesperado.

—No, no, estoy pendiente de un asunto y me noto tenso.

La joven me sonrió. Me pareció que lo hacía de una manera cómplice. ¿Se había dado cuenta de algo? Una ilusión surgió en mi interior. Sin razón alguna, me convencí de que Elena estaría esperándome en la calle y conseguí fingir que me relajaba.

Desde la acera observé cómo, en pocos instantes, pasaban transeúntes de todas las edades. Atravesé la calle de Sants y me dirigí a la pastelería Vives y al bar del primer día, caminando acera arriba y acera abajo. Al fin, regresé a casa como si un viento frío me hubiese aturdido. Elena estaba esperándome en la portería. La abracé muy fuerte y le dije que la amaba.

5

Entonces llegó una carta de mi hijo. Hasta que me puse las gafas para leerla no estuve seguro. Sí, era de Antoni. Él y su compañera habían tenido una niña y me invitaba a visitarlos y a conocer a la mujer y a mi nieta. Le habían puesto Margaret. No dormí en toda la noche. Durante años había intentado saber más de él, de su trabajo, de sus amigos, de sus novias. Le había escrito cartas y le había llamado. Las respuestas siempre eran demasiado cortas. Yo esperaba que me invitase a visitarlo. Él sabía que me gustaba viajar, quería ver dónde trabajaba, qué vida llevaba. Nunca me había animado a que le hiciera una visita. Cuando murió Remei, él vino a Barcelona. Y yo me encontré con un desconocido. Quizá él también. Comprendí que mi hijo ya era un hombre y que no teníamos demasiado en común. Era necesario cerrar también aquella puerta. Eso era lo que había sentido.

Y entonces, cuando parecía que de mi tronco de leña seca lleno de verrugas había brotado una rama tierna, reaparecía él, el hombre que me había convertido en abuelo. No, no iría. Aquella era su vida, y, mira, el nuevo título no me apetecía demasiado.

Al día siguiente, a la hora en que solíamos ir a yoga, me encontré con Elena delante de la pastelería Vives. Le dije que la había engañado. Ella alzó unos ojos que interrogaban, pero no dijo nada. Llevaba un vestido gris claro con escote redondo que resaltaba su estrecha cintura y sus generosos pechos. Le confesé que no tenía ninguna hija que se llamase Sílvia, que le había contado una mentira porque deseaba hablar con ella. Yo tenía un hijo, tan solo un hijo, como ella, se llamaba Antoni y acababa de ser padre. Se echó a reír.

Estábamos bajando por la calle de Sants. Tenía la sensación de que los coches eran un río y nosotros, hojas que se deslizaban por su superficie. Enredado en nuestros pasos y en las voces de los otros, nuestro silencio de *petit comité* resultaba relajante, si bien me temía una sentencia desfavorable. Lo más curioso es que justo entonces recordé un acontecimiento que había mantenido apartado de mi mente durante años. Cuando todavía éramos una pareja confiada —formábamos lo que se suele llamar una familia feliz—, el segundo embarazo de Remei quedó truncado en el séptimo mes. Antoni tenía ocho añitos. La criatura que perdimos era una niña, y mi mujer se aferró a los vestiditos de colores que ya tenía a punto para ella. Había dejado de comer, de hablar. Una mañana, a la hora de acompañar a Antoni al colegio, yo cogí los vestidos que ella no paraba de abrazar, de limpiar y de planchar, y los tiré a una papelera. Él se quedó mirándome y me preguntó:

—¿Qué haces, papá?

Yo le apreté la mano más fuerte que de costumbre y caminamos uno junto al otro sin decir ni una palabra más. Cuando estábamos cerca de la escuela, Antoni me dio un tirón para librarse de mí y arrancó a correr sin decirme adiós. Recuerdo quedarme allí plantado durante unos instantes. Sí, lo había fastidiado todo aún más, mucho más. Caí en la cuenta demasiado tarde. Supongo que un psiquiatra podría haber recuperado a Remei, pero ella no fue a ver a ninguno. Yo, que la había amado con locura, llegué a odiar la vida con ella. Con el niño actuaba mecánicamente. Alimentación, higiene, colegio, juegos. Creció sin risas. Antoni vivía con una sombra y un robot.

El caso es que ahora me daba cuenta de que había habido una niña en camino, como se dice a veces, y que, por tanto, yo habría podido tener una hija, a la que podríamos haber llamado Sílvia, y entonces no habría mentido a Elena. El presente me había llevado a aquel episodio del pasado que había quedado escondido en mi desmemoria, no así sus consecuencias. Mi voluntad de olvidar debía de ser en mí como una montaña de basalto, dura y oscura.

—¿Qué más da haber tenido un hijo o una hija?

La voz de Elena fue como un despertador a primera hora de la mañana. La había cogido de una mano y habíamos continuado avanzando, yo no podía hablar por el nudo que se me había formado en la garganta. Era muy consciente de que recordar era sufrir, por eso había buscado mil maneras para no hacerlo. Borrar el pasado había sido mi única determinación. Esquivar las películas, la música, los libros que pudieran transportarme a aquella época. ¿Me había vuelto un cínico? Justo en el momento en que el presente me ofrecía todavía un obsequio, recibía en la cara, como un latigazo, un viento que había estado congelado durante años.

La pregunta de Elena ya llevaba incorporada la respuesta. Estuve a punto de arrodillarme delante de ella y contárselo todo. Pero enseguida me pareció absurdo y contraproducente, inútil..., o quizá lo que ocurría, simplemente, era que la inercia de hacía demasiado tiempo me impedía el gesto. Le dije:

—Mi hijo acaba de ser padre y vive en el sur de Inglaterra. ¿Quieres acompañarme?

6

Por muy extraño que me pareciese, Elena había dicho, muy seria, que no sabía si podría ir pero que le apetecía viajar. Yo esperaba un no rotundo como respuesta. Había razones de sobra para no acudir conmigo al bautizo de mi nieta, a la casa de mi hijo; cada una de ellas era consistente, pero yo aún no conocía bien a aquella mujer. Elena parecía ser libre y haber borrado de su vida las explicaciones. Empezaba a intrigarme cómo lo había conseguido. ¿Tenía un secreto?

Como si hubiese invocado la respuesta, aquel día me encontré con una excompañera de yoga, a la que había visto a menudo hablando con Elena. Se llamaba Pilar, y enseguida la relacioné con el nombre que había dado como excusa el primer día que vino a casa. Para mi sorpresa, me preguntó por ella.

—No te extrañes, intuí que había algo entre

vosotros porque en tres ocasiones os vi salir juntos de clase. No podía ser casualidad. Además, una de las veces había en vuestros rostros una expresión muy especial. Yo hace años que conozco a Elena, incluso durante un tiempo trabajamos en la misma escuela.

—Entonces... ¿tienes un rato? Me gustaría saber más de ella, no habla casi nunca de la familia, de su pasado. Solo sé que era profesora de párvulos y que tiene un hijo que se llama Marc.

—Y tiene un marido, también.

No era un reproche, pero sí una suspicacia.

—Me lo imaginaba. ¿Tomamos algo, Pilar?

—Te llamas Armand, ¿verdad?

—Sí.

Entramos en un bar de la calle Riego. La mayoría de los que íbamos al centro cívico éramos del barrio, y supuse que Pilar vivía cerca de allí. Era una mujer delgada, alta, con el pelo negro muy corto. Tenía una figura juvenil, un poco masculina, siempre llevaba pantalones y blusas camiseras. En yoga, había observado que era una de las alumnas más flexibles. Pidió un té verde. Yo, un café.

—¿Qué quieres saber?

Me puse a reír, pues estuve a punto de responderle con una única palabra: «Todo».

—¿Vive con el marido?

—¡Sí, claro!

—Pero ¿se entienden bien?

—Eso... Yo...

—Bueno, lo que quieras decirme.

—Él es una persona muy interesante. De apariencia..., yo diría que es un hombre guapo. Es poeta, y muy bueno, pero últimamente tiene problemas para publicar.

—Ya, ya entiendo. Pero están juntos.

—Sí. Me temo que Elena no debe de haber pensado nunca en separarse.

—No, claro. Pero ¿él a qué se dedica? ¿O se dedicaba?

—Se gana la vida como crítico de poesía y de arte, traduce del francés. Es una persona culta, y antes escribía y publicaba en bastantes revistas y periódicos.

De repente, me encontraba con un marco para mi aventura. Elena y yo no estábamos solos en el mundo. Los otros podían vernos. Para empezar, una compañera había descubierto nuestra relación. Decir que me sentía abrumado describiría bastante bien la situación.

Gracias a lo que Elena había callado yo había saboreado la esperanza, la alegría de volver a vivir, pero ahora, de pronto, entendía que, de alguna forma, no tenía derecho a ello. Existía un marido, alguien a quien ella no dejaría. Me sentí ridículo por haberme olvidado del entorno, por haber pensado que, si no se mencionaban, los hechos y las personas no existían. Enseguida reaccioné. No, no era ridículo por olvidar, lo era por lo que acababa de pensar.

¿Y qué, si había otro hombre? Nosotros estábamos bien juntos.

En mis oídos desgastados había resonado el antiguo canto de las prohibiciones, algo que me había alimentado de niño, de adolescente y de adulto. Sí, muy ridículo. Toda la vida resistiéndome a crecer, toda la vida sin dar un paso que fuera solo mío. Toda la miserable vida, Elena, ¿y tú pretendías rescatarme con tu cuerpo? ¿Con tu silencio?

—Sospecho que ninguno de los dos ha sido feliz, pero, ya sabes, una ruptura cuesta.

Pilar me había hablado como si quisiera recordarme que no estaba solo en la cafetería, quizá porque se había dado cuenta de que sus palabras me habían dejado aturdido.

¿Por qué? ¿Por qué había preguntado? ¿Por qué había querido saber más?

II

Elena

I

Solo primavera y ya hacía calor.

Camisetas, pantalones frescos, vestidos, alguna falda. La ropa de verano estaba bien ordenada en el armario. Los colores vivos se combinaban con el blanco.

En el pasado, Elena había llevado piezas negras, grises, azul marino, que ahora permanecían olvidadas en el fondo de los estantes.

Pensó: demasiada ropa. Y enseguida: ¿adónde irá a parar todo esto cualquier día?

Un pensamiento similar acudía a su cabeza cada vez que se fijaba en los montones de discos, libros, películas y objetos que, durante los años de vida en común, ella y Ramir habían ido acumulando.

Discos que no volverá a escuchar. Libros que no tiene intención de leer. Películas que no verá más. Objetos que, de tan callados, ha olvidado cómo y por qué un día la cautivaron.

Álbumes de fotos que ahora mismo no quiere mirar.

Cuando en alguna ocasión Elena había donado libros de pedagogía que no iba a volver a utilizar, Ramir le había dicho que no se le ocurriese sacar de casa ningún volumen de los suyos. Ya pondrían más estanterías, si hacía falta.

Estanterías que ahogarían paredes.

Elena sacó un montón de ropa de verano doblada y la llevó a la mesa del comedor; era la más espaciosa y no costaba demasiado apartar el cuenco de la fruta. En sus manos claras y no muy grandes se transparentaban pequeñas ramificaciones azuladas que apuntaban hacia los dedos. Iban cogiendo las prendas una a una:

La blusa fucsia heredada de su madre, que no se ponía pero de la que no quería desprenderse.

Una de color calabaza, de un mercadillo, que le gustaba.

La que se había comprado en Italia, de seda. Blanca con un estampado de formas negras.

La blusa que le quedaba mejor, con una mezcla de verdes de mar deliciosos. La dejó aparte.

La pieza que no podía olvidar. Un vestido azul cielo con pequeñas flores de un tono más intenso. Con ella había ido a urgencias cuando Ramir tuvo el accidente. Se había limpiado las lágrimas con un extremo de la falda porque no llevaba pañuelo.

Pena y rabia.

Con las ropas de algodón y viscosa delante, los años y los días corrían por el pensamiento de Elena. Había devuelto piezas al armario. Había colocado los días felices y normales, y había dejado fuera un rato muy triste.

La blusa de colores verdes se la pondría para ir a la sesión de yoga, donde el chándal sustituía enseguida a la ropa de calle. Total, para ir a yoga... Sí. Total.

Delante del espejo se vio guapa. Se había lavado el pelo. Le vino a la mente el único hombre del grupo, y los ojos se le iluminaron por un instante. Era alto como ella, fuerte, de rostro curtido, y tenía una expresión seria, pero de vez en cuando sonreía y participaba de manera natural entre todas aquellas mujeres. Quizá solo se lo parecía, pero a menudo lo descubría mirándola. Quizá solo...

No había hablado nunca con él. Con la blusa la vería más... Se rio de sí misma, así, enfrentada a su cara y a su cuello. Se rio.

Con el chándal y los calcetines gruesos dentro de una bolsa de ropa, con el vestido triste de aquel lejano día del accidente en una de plástico transparente, entró en el estudio, donde Ramir estaba frente a la pantalla.

—Me voy.

—¿Adónde?

—A yoga.

—¡Ah, sí!

No la encontró más guapa. No le dijo te encuentro más guapa. No sabía si él había reparado en que aquella blusa le quedaba bien.

—Pues adiós.

Él levantó la cabeza y abrió la boca. Al bostezar, ella le vio los dientes y la lengua.

2

Mientras bajaba la escalera, se preguntó cuándo se acabaría todo. Desde hacía algún tiempo a menudo se formulaba preguntas que sabía que no tenían respuesta. Pero en ocasiones las respondía con sus dudas, que a su vez encadenaban nuevas preguntas.

¿Se acabaría de golpe? ¿O llegaría poco a poco, como los brotes de los árboles, que al principio no se ven y, al cabo de un tiempo, ahí tienes las hojas nuevas? A veces, más adelante, si las ha de haber, aparecen las flores. Y, de repente, te das cuenta de que hay ahora un árbol alegre donde antes había un árbol anodino.

Enfiló el camino hacia la calle de Sants y siguió pensando en los árboles, sin hacerse más preguntas.

Después caen las hojas, las ramas se hacen fuertes, los colores vuelven a ser los de la tierra y, a finales de octubre, unos hombres jóvenes se suben a una escalera y los podan.

Ella era un árbol sacudido por el viento que suspiraba todavía por el buen tiempo, que creía imposible. ¿Por qué Ramir debería haberse fijado en su blusa y haberle dicho que la encontraba guapa o, tal vez, haber dejado entrever un punto de inquietud, de celos?

Elena estaba convencida de que la naturaleza humana actuaba como la de las plantas, que mientras están vivas recorren todo su ciclo. Pero los humanos no pueden reiniciarlo a ciegas. ¿Cuándo se extinguiría entonces el deseo de ser feliz? ¿Por qué el sueño del bienestar compartido, de la cálida compañía, seguía golpeando sus paredes?

Una mujer morena, con un pequeñajo mocoso en los brazos, le preguntó si le daba la bolsa del vestido azul de flores cuando iba a dejarla en el contenedor de reciclaje de ropa. Elena se la entregó y siguió caminando deprisa.

Lo único que echaría de menos del vestido era la sal de aquellas lágrimas que se habían secado con él.

A medida que los alumnos entraban, extendían las esterillas y se sentaban o se tumbaban sobre ellas. La profesora de yoga todavía no había llegado.

Justo aquel día, el único hombre del grupo estaba sentado sobre una esterilla lila a su lado. A Elena le parecía..., recordaba un día con otros padres, cada uno con sus hijos..., y creía que aquel hombre iba con una niña. Elena le preguntó si su hija se llamaba Sílvia y había ido a la Escuela Estrella. Un sábado, un grupo de familias habían visitado el zoológico, eran bastantes. Normalmente, a su hijo le costaba hacer nuevos amigos, por eso lo recordaba: Marc había jugado con Sílvia y se lo habían pasado muy bien. Él le contestó que sí con cara de sorpresa, como si no se esperara que ella fuese a hablarle. No, no se lo esperaba.

En ese momento entró la profesora, una hermosa joven de cabello ondulado y con sonrisa de Gioconda, y comenzó la sesión.

Al cabo de una hora, Elena se dirigió al estrecho vestuario de las mujeres y se puso de nuevo los pantalones y la blusa de tonos verdes. Pilar le dijo que le quedaba muy bien. Habían bajado juntas y se habían separado antes de que Elena atravesase la calle de Sants.

Total, para ir y venir de yoga, la blusa. No tenía ganas de volver a casa. Entró a tomar un café en un bar. Allí, se había recriminado a sí misma con el pensamiento. ¿Por qué no hacía lo que deseaba? Vivir sola en un piso pequeño donde no hubiera armarios ni estanterías llenos de recuerdos.

Empezar de cero.

Quizá a Ramir no le importaría o incluso lo deseaba tanto como ella.

—En el fondo creo que me necesita, pero tal vez me equivoco de medio a medio...

Dijo aquella última frase en voz alta, pero bajito, como quien reza, y entonces vio a alguien delante de ella.

—Te he visto desde la calle, y como la profesora ha interrumpido nuestra conversación... ¿Puedo sentarme?

Ella había hablado bastante de Marc; él, en cambio, había hablado muy poco de Sílvia. Después, las voces de la clientela, el ruido de la cafetera y el de platos y tazas se habían asentado sobre su silencio. Elena había sacudido el sobrecito de azúcar, lo había doblado por una punta y por la otra, pero no lo había llegado a abrir.

Como un relámpago, cruzó por su cabeza que, con los niños, solían buscar una frase para cada nueva situación.

Un cambio de estación, la llegada de un compañero al grupo, la alegría ante una palabra recién descubierta. La brisa de colores, la brisa sibilante.

Se había distraído unos instantes, como si estuviera sola, hasta que él le preguntó por qué estaba tan triste si tenía un hijo que valía tanto. Y allí había comenzado todo.

3

Una vez al año, comía con un grupo de excompañeras, todas ellas antiguas profesoras de párvulos. Habían vivido experiencias similares, y compartía con ellas una agradable complicidad, y con dos en concreto una larga colaboración.

Se habían saludado con alegría. Después habían ocupado una mesa de ocho. Todas llevaban vestidos veraniegos, estampados o lisos, de colores vivos, uno de ellos blanco, y Elena se había vuelto a poner la blusa de tonos verdes y unos pantalones negros.

El restaurante era tranquilo, en un primer piso en pleno paseo de Gràcia. Cuando acabaron de elegir lo que cada una comería, hablaron y hablaron. Preguntas entrecruzadas, respuestas breves; otras, más dilatadas.

Por un momento, Elena se sorprendió pensando en el encuentro que había tenido en el bar con el compañero de yoga. Después, volver a nacer, aquella feliz locura. Si le daba por contarlo, se burlarían de ella. Quizá algunas preguntas.

Una de sus compañeras, Teresa, acababa de quedarse viuda y vivía pendiente de sus tres nietos.

A Pepita la habían operado de cataratas y estaba inquieta.

Júlia, su compañera durante un montón de años, había hecho un viaje a las Canarias con el Imserso y decía que se lo había pasado muy bien.

La única persona que había conseguido sorprender a sus compañeras era Mercè. Tras cuarenta años de matrimonio se acababa de separar.

—Hacía mucho que ya no teníamos nada en común y, la verdad, a mí la rutina me deprimía.

Después de un silencio, todas menos Elena quisieron meter baza.

Las seis que hablaron dijeron que Mercè había hecho lo que había que hacer.

Elena se repetía por dentro: nada en común, la rutina..., y sospechaba que más de una tenía recelos pero no los confesaba.

Hacía muchos años que todas habían aprendido a encontrar una razón para no romper con los pactos contraídos. Ella lo había hecho respecto a continuar al lado de Ramir, y en aquel entonces el motivo le había parecido de peso. Ahora no lo recordaba, pero no se lo había vuelto a plantear. Hasta hacía unos días.

¿Era de peso o respondía a que sus padres, sus abuelos, sus profesores la habían educado en la renuncia y el aguante? Puro miedo. En su caso, creía que era una señal de cobardía.

Observó a Mercè y la sintió viva. Decía:

—Os aseguro que no ha sido tan difícil. Él acabó reconociéndome que también deseaba cambiar, pero que le daba mucha pereza.

Pereza.

Después, como cada junio, brotaron las anécdotas, los recuerdos de los pequeños alumnos, que una u otra había reencontrado, ahora ya como hombres jóvenes, profesionales en campos diversos, algunos sorprendentes, y ya con pareja, con hijos, etc.

Cuando coincidían con sus profesoras de parvulario, los alumnos siempre decían que las veían igual.

También hablaron de películas y de teatro. De lo último que habían visto. O de lo que pensaban ir a ver pronto.

Ramir prefería ver las películas en casa, sobre todo cuando ella estaba fuera. Elena hacía años que iba sola al cine. De vez en cuando, tenía la necesidad de hacerlo. Disfrutaba de la gran pantalla, del ritual de luces, de aquel aislamiento rodeada de personas que no conocía. Se había acostumbrado a ir cuando le apetecía, a reflexionar después sobre las imágenes, sobre el argumento. Si no acertaba con la película, se levantaba y abandonaba la sala, y lo hacía con alivio, después de tantos años de verlas todas hasta el final.

Al teatro no iba nunca sola, le parecía delatador, incómodo.

Cuando las amigas se despidieron, con tanta alegría como cuando se habían encontrado, a Elena le hubiera gustado acompañar a Mercè. Para hablar con ella a solas. Pero no se había decidido a hacerlo. Al día siguiente pensó en llamarla para quedar con ella, pero tampoco lo hizo. En lugar de eso, abrió lentamente el cajón de los álbumes de fin de curso. De vez en cuando se lo permitía. Había siete. Cada uno con su nombre y apellidos, el curso y el año. Eran muy distintos entre sí, pero juntos resumían la esencia de a qué se había dedicado, desde que era una joven profesora hasta su jubilación. Diferentes cursos, la misma edad. Una colección de hojas con palabras, con operaciones y pequeños problemas, con excursiones y experiencias vividas resumidas en dibujos pintados con colores, con ceras, con rotuladores, con pegatinas. Pertenecían a algunos de sus antiguos alumnos:

A un tal Quim, que había dejado la escuela antes de acabar el curso y no había recogido el álbum.

A un tal Rachid, que se había puesto enfermo y después había cambiado de colegio o de ciudad o de país.

A una tal Anna, muy menudita, que había querido que Elena se lo quedase como recuerdo.

A una tal Laia, una niña despistada, que se lo había olvidado y al curso siguiente no lo había querido recuperar.

A un tal Max, que le había dicho que sus padres tenían poco espacio y no guardaban los papeles.

A una tal Meritxell, que había regresado a Andorra.

A una tal Irina, de quien nadie había vuelto a saber nada nunca más.

Los abría y los repasaba. Sonreía al ver ciertas páginas, dándose cuenta de que, en su momento, no se había fijado bien en alguna palabra o algún color. Se acordaba de aquellos niños en concreto, de sus historias personales, entonces tan cortas. Deseaba con todas sus fuerzas que ahora ya fueran biografías de jóvenes decididos y felices. Y devolvía los álbumes a su cajón.

El recuerdo de la comida con las amigas, que en años anteriores se esfumaba rápidamente, más y más cada día que pasaba, esta vez, al cabo de unos meses, aún seguía firme en la mente de Elena.

4

¿En qué momento de su vida el tiempo había empezado a acelerarse?

El caso era que abarcaba un grosor estremecedor, tras haberla empujado a dar pasos. Primero pequeños botes; más adelante, saltos y trompicones, hasta que al cabo de los años había aterrizado en aquel punto, y de pronto había frenado en seco.

Allí, lo que recordaba haber vivido estaba ordenado por las experiencias y los conocimientos. Hasta entonces se había orientado mecánicamente. Pero se daba cuenta de que cada vez más le faltaban fragmentos de significado. Había acabado observando los objetos de su casa como si fuesen ladrones de espacio que le impedían desear nuevas cosas. Le sorprendía todo aquello que en su momento había comprado por parecerle útil o bello.

Libros, jarrones, cuadros, discos, películas... acumulando polvo, mudos. Eran cosas de las que deseaba deshacerse. No tenía ganas de volver a leerlos, mirarlos o escucharlos.

Pero, entonces, una nueva idea se había instalado en su cabeza. Era ella la que les sobraba a los objetos.

El tiempo, siempre escurridizo, había sido un enemigo, dispuesto a robarle la energía que todavía le quedaba y que en gran medida hasta hacía poco había destinado a su hijo y a Ramir. Aquel que recordaba como el joven sensible y amante de la poesía que había sido el amor de su vida.

Si hubiese hablado con Mercè le habría dicho:

Que estaba casada con su poeta, que su hijo, el de ambos, ya tenía treinta y cinco años.

Que ya no tenía niños a su cargo.

Tenía tiempo, y el tiempo pasaba rápido. Sobre todo, los años.

Que había encontrado a alguien que la hacía sentirse viva. No era que lo amase. Solo estaba bien con él, diciendo lo que quería o callándose. No era guapo, ni tampoco era feo, desde luego. Él le había contado una mentira para hablar un rato con ella. Decía las cosas de una manera que a ella le hacía gracia.

No sabía si Mercè se habría reído. Tal vez la hubiera aconsejado. Porque, en realidad, era la vida vivida la que le provocaba sorpresa. ¿Cómo había ido todo? ¿Por qué había tomado unas decisiones que eran no decisiones? ¿También su amiga pensaba en la muerte como en una cosa familiar, con quien podías mantener una conversación?

Elena no se veía capaz de dar forma ni dirección a la realidad inmediata. La atracción por Armand, la relación que había entre ellos, sin recuerdos ni proyectos, ausente casi de palabras, la llenaba por completo. No necesitaba saber qué pensaba él, tenía bastante con sentirse su aliada, con sentirse protegida, resarcida. Lo único que de verdad los separaba era el sueño. Se dormía entre sus brazos o sus piernas y, al poco, un raudal de besos recorría su cuerpo para devolverla a la vida. No necesitaba ninguna palabra que definiese nada ni propusiese una nueva cita. Tenía suficiente con que la adorasen sin oír hablar de amor.

Así pues, compartía la rutina con una aventura que no ocupaba espacio, solo un poco de tiempo. Aquel que antes había consumido ella sola, ya fuera pasando ratos en el parque, tomando un café en un bar o yendo al cine en primera sesión. La sensación de que el tiempo la traicionaba había disminuido, ya no se evaporaba de la misma manera, y la distancia que desde hacía algunos años la separaba del mundo se había acortado.

Quien lo había propiciado se llamaba Armand.

5

Frente al espejo.

Hasta hacía muy poco, intentaba ponerse ante él justo el tiempo necesario para peinarse o aplicarse crema hidratante en la cara. Ni un segundo más. Si algún día, dejándose llevar por algún pensamiento, se quedaba embobada frente a la superficie *devuelveimágenes*, su reflejo le hacía reproches.

Gritos que resonaban sin voz. Cobarde, cobarde, maldita cobarde.

A menudo, los otros decían de ella que se conservaba bien. Al estar tan cerca de los niños, se había mantenido joven más tiempo del habitual. Los chiquillos llenaban sus días de gritos, de llantos difuminados y de risas. También de metáforas. La luna: una tajada de melón. La luna roja: una de sandía. Una flor: una mariposa. Y un sombrero de payaso era, a veces, un cucurucho de helado boca abajo. La libertad de las palabras viajando de aquí para allá, y de allá hasta mucho más lejos, para volver a su lado al cabo de poco. Cada cosa era y no era. Ella era una maestra o una niña, y si decía «miau» era el Gato con Botas. Nada parecía establecerse de forma inamovible. Todo era aún posible. Resultaba propicio vivir con ellos, como ellos, para ellos. ¿Acaso el silencio en casa había sido el contrapunto necesario a la invasión de voces a lo largo del día?

Ramir, de joven, había conectado con el mundo que Elena conocía. Él había admirado el rostro de ella; había dicho: es como un pequeño sol. Bajo la boca, el minúsculo hoyuelo lo volvía loco. Sus ojos extrañamente redondos. Aquella sonrisa. Él le escribió el primer poema, y a ella le emocionó cómo hablaba de su cuerpo. Y después llegó el segundo, y algunos más. Tras leer los primeros versos, Elena se enamoró. Los vocablos enlazándose, la exuberancia de los sonidos, aquella potencia que convertía las palabras en música.

¿Se había enamorado de la poesía y del enamoramiento de él? Cuando lo observaba ahora, con los ojos cerrados y hundido en su sillón, todavía se lo preguntaba. Le parecía ausente del mundo, del presente, de ella. Aparentemente. Porque no podía estar segura, pero, en cualquier caso, hacía mucho tiempo que duraba. Claro que la indiferencia, fuese real o no, era mejor que cualquier conversación sobre cualquier tema. Mejor que cualquier propuesta de hacer algo juntos. Los intentos de comunicación de Elena habían ido cayendo en los diferentes cestos del fracaso.

Hasta que un buen día, al contemplarse en el espejo por la mañana, descubrió en él la mirada de su madre.

6

Había oído decir que los muertos cercanos a veces regresan a nosotros de la manera más natural. Se encarnan en nuestro cuerpo.

Adoptan nuestra sonrisa.

Miran a través de nuestros ojos y prolongan así su existencia.

Pero ¿qué pasa cuando los vivos lo detectan?

«Cada vez se parece más a su padre.»

Esta era la frase que Elena había oído a medida que crecía, cuando lo que decían los mayores le entraba por una oreja y al instante siguiente le salía por la otra. No podía sospechar que de esa frase quedaría un poso. Aquellos comentarios, y otros que vinieron después, cuando ya prestaba atención a los demás, le transmitieron la idea de que era igual a su padre y, en cambio, no se parecía en nada a su madre. Así pues, la primera vez que la mirada de las dos coincidió en el espejo le pareció que se trataba de una ilusión, una sensación que había pasado tan rápida como ella cruzando delante de la superficie lisa y brillante.

Pero se había repetido.

No cada vez que se lavaba, se peinaba, se ponía los pendientes, se secaba el cabello... No con tanta frecuencia.

Un día, al dirigirse hacia la puerta después de arreglarse, los ojos de su madre grabados en su pensamiento empezaron a decirle cosas, quizá las que le habría dicho en vida. La madre, que no quería que se casase con Ramir, ahora le diría que se equivocaba de medio a medio. Aquella mirada la interrogaba. ¿Qué haces confiando en Armand, a quien no conoces de nada? ¿No ves que se aprovechará de ti y después te dejará? ¿Cómo te atreves a romper el compromiso que contrajiste con tu marido?

Elena se oyó decir en voz alta: ¿Y él?

¿Y él, a quien tanto había admirado?

Leía cada verso, cada poema que él escribía. ¡Sí, preséntalo a este premio! ¡Te mereces ganar!

Y él siempre dudaba.

Al principio de estar juntos, Elena había tenido miedo de que un día Ramir le dijese ya no te quiero, me he enamorado de una escritora como yo, de una actriz, de una fotógrafa. Ella no era más que una profesora de párvulos.

Entonces fue cuando se quedó embarazada. Un tiempo extraño. Aprender a decir el singular de «niños». Sería el niño de ella, el de los dos. El poeta había descrito el mundo de entonces, los anhelos compartidos, las luces, los interrogantes.

Marc había ocupado el presente de Elena. Los dos en casa, separada ella de los niños por la baja por maternidad; los tres, con las lentas horas del mundo de los bebés como paisaje.

Ramir había acabado de escribir y reescribir los poemas. Elena había leído todos los que había en el volumen de diferentes formas. De uno en uno. De dos en dos. Todos de golpe.

Escribía a lápiz debajo de los versos de él palabras corrientes, colores, ideas. Cambios.

Habían discutido sobre cómo agrupar los poemas. Ella había propuesto otro orden y él no le había hecho caso. Elena presentaba sus propuestas con una sonrisa humilde. Si él decía que no, sin un instante de pausa borraba o tachaba lo que había escrito debajo. Al cabo de un rato era Ramir el que le pasaba el texto para que volviera a leerlo, y en una o dos ocasiones, o tres, él aceptó la sugerencia de su mujer que el día antes había rechazado.

Elena le animó a presentar el volumen al Premio Carles Riba, el premio de poesía más importante, el mejor dotado, el más valorado. Durante unos días dejaron de hablar del asunto. Después lo retomaron. Los poemas eran vida en palabras, eran armonía.

Hasta que, el día de la concesión del premio, Ramir oyó su nombre seguido de sus dos apellidos. Después escuchó el título de su libro y le pareció que era de otro, pues en el último momento lo había cambiado haciendo caso a una inesperada propuesta de Elena y todavía no se había acostumbrado. Pero era su libro, eran sus poemas.

Ramir había ganado. Quedaba consagrado como poeta.

Lo celebraron. Marc ya sonreía y decía algunas sílabas. Estaban muy contentos. Los dos.

Siete periodistas lo entrevistaron. Dos fotógrafas lo inmortalizaron. Había adelgazado y causaba sensación. Elena era feliz.

Había sido una experiencia preciosa. Ella casi se había sentido... Ella se había casi... Ella no quería poner ningún nombre a los sentimientos y a las palabras que florecían entre los versos de Ramir.

Tras la baja maternal y el verano, Elena volvió al trabajo cuando Marc ya gateaba.

7

El poeta consiguió un artículo semanal en *La Vanguardia* y escribía crítica de poesía regularmente en el *Avui*. Cada vez estaba más rodeado de compañeros poetas, a menudo en recitales aquí y allá, adonde Elena casi nunca podía acompañarlo. Aquella época se alargó unos años, mientras Marc crecía. Ramir regresaba a casa muy cansado, tanto que, unido a los estrictos horarios de Elena, apenas compartía con ella lo que había vivido formando parte de un jurado o recitando en tal lugar o tal otro. Pero estaba contento, tenía proyectos.

La vida se les decantaba poco a poco hacia la rutina.

Durante el verano, condenado a las vacaciones familiares, Ramir volvía a languidecer; la página en blanco, la página a medio escribir. Pero estaban juntos, y ella intentaba apaciguar los temores que él tenía de haber desaparecido del mapa literario.

Hasta que, con el otoño, a Ramir le llegaba una propuesta y decía me voy con una sonrisa feliz, animado por el viaje, por la experiencia que le esperaba. Un recital de los grandes en Bilbao.

Aquel día Elena no recibió la llamada de su poeta diciéndole ya he llegado, todo va según lo previsto. Pero más tarde sí que llamó alguien. El coche en el que iban los cuatro escritores había sufrido un accidente, todos se habían salvado, pero a él le tenían que operar de urgencia en un hospital de Zaragoza. Se recuperaría, no tenía por qué preocuparse, pero se había fracturado la pelvis y el húmero. Ella acudió enseguida. Llevaba un vestido azul cielo, salpicado de florecillas de un azul intenso. Allí se encontró con los compañeros de Ramir. El hombre, que era el que había telefoneado, era un conocido del poeta, y ella lo había saludado un par de veces. Se dieron la mano. Las dos mujeres jóvenes, según dijo él, eran grandes promesas de la poesía, que ella no conocía y que apenas abrieron la boca.

Pese a todo, la madre le reclama paciencia y le dice que ahora a qué viene recordar un accidente que ocurrió hace tantos años.

Desde el rostro de Ramir sobre la fina almohada y su cuerpo entre las sábanas blancas, brotó el comienzo de un tiempo difícil, que implicó una recuperación física lenta, las palabras que intercambiaron entre los dos. Elena había agotado las lágrimas en soledad, pero en aquella época estaba convencida de que se podía hablar de cualquier tema. También de celos, de amor, de futuro. Y fue ella la que dispuso cada una de las partes, una al lado de la otra, para que las debatieran. Las sacó sin orden ante Ramir. Unos platos variados que distribuyó sobre la mesa. Él parecía no entender aquella hambre, la necesidad de comer de allí y salir después con manchas en la piel. Suficiente tenía con intentar mejorar su nueva situación personal. Ramir había ido perdiendo los versos como quien pierde cabellos cada vez que se los cepilla.

Junto a los versos, parecía haberse esfumado la ilusión de vivir. Ella, su mujer, se compadeció de él. Más tarde le tocó compadecerse de sí misma al descubrir que lo que de verdad amaba Ramir era ser poeta.

Un grupo de poetas se reunieron para apoyarse mutuamente y difundir sus libros. Volvían a invitar a Ramir con frecuencia. Él llegaba tarde por las noches. Elena recordaba la pregunta dentro de una canción. ¿En qué lugar de la vida nace la resignación?

Tenían en común un hijo, una cocina, una mesa, libros, una cama.

8

Marc iba creciendo, Elena había cambiado de escuela y en la segunda a la que fue a parar tenía como compañera a Pilar, que conocía a Ramir de casi toda la vida. Ella no le dio ningún tipo de importancia. Era una mujer eficiente y simpática.

Después Elena fue nombrada directora, y un compañero, el jefe de estudios, se enamoró de ella. Iker era más joven, con bastantes proyectos y estaba lleno de alegría. Le tomó cariño a Marc, a su especial fragilidad, y eso hizo que Elena y él se aproximaran más. Los compañeros los miraban y sonreían, como si alguien pudiera escoger entre enamorarse o no. Elena odiaba aquellas bocas sabias. Daba la impresión de que todos, incluida Pilar, sabían cómo acabaría aquello. Elena adivinaba sus suposiciones, estaban seguros de que ella e Iker... Con las reuniones por la tarde, ella y Marc llegaban a menudo tarde a casa y, cuando se encontraban con Ramir, él estaba delante del ordenador y no preguntaba nada ni se quejaba. Algunas veces, a Elena le parecía que él también sonreía como si estuviera al corriente de todo lo que, en medio de un mar agitado, navegaba dentro de ella. Fuese como fuese, en su pantalla casi nunca había versos.

Los niños, los programas y su hijo llenaban las horas y la vida de Elena casi por completo. Le inoculaban la savia de la eterna juventud, el interés por las cosas pequeñas e importantes, la alegría del sol y los sueños de la luna. Era mucho lo que tenía. Con ellos aprendía cada día. La tarea de llenar los agujeros vacíos la dejaba siempre para el día siguiente.

Pero Iker, ante la decisión de Elena, pidió el traslado después de llorar delante de ella. Ella lo había hecho y lo haría en casa, sola o encerrada en el lavabo como una adolescente, pero demostraría a sus compañeros que se equivocaban. No desertaba de su compromiso. Esperaba que de un momento a otro Ramir volviese a ser el poeta que la había enamorado. Buscaba nuevos incentivos para la pareja que los dos formaban. Viajar, ir al teatro, al cine. Para ser sincera consigo misma, esperaba como quien espera un milagro. Marc necesitaba que alguien estuviese pendiente de él, y su padre se declaraba incapaz, pues el niño apenas le hacía caso, no mostraba ningún interés cuando él le leía o le proponía algún juego.

—Tú, Elena, tienes más mano.

Después vinieron unos años de desesperación domesticada. El pensamiento hurgaba dentro de la frustración aunque no se quedaba allí; ella se diluía en todo tipo de actividades.

¡Hacía tanto de todo aquello!

El tiempo se había burlado de Elena hasta que ella se había olvidado de que esperaba alguna cosa.

Al ver el piso abarrotado, lleno de polvo, desordenado, ella, como si conociese bien aquel espacio en el que Armand vivía, había abierto una ventana para dejar que el ruido contaminara la calma de la estancia y se había sentado en el sofá. Mientras él iba a buscar una bebida a la nevera, ella recordó el sueño que la había desvelado aquella mañana. Asistía a un funeral. Dentro de la caja, de madera sin barnizar, había visto el cuerpo de una chica: las mejillas rosadas, el cabello largo y bien peinado, los ojos cerrados. Parecía simplemente que estaba durmiendo. Ella no sabía quién era y, de pronto, sobresaltada, se había despertado.

Ante el interés de aquel compañero, casi un desconocido, sabía que de antes no le quedaba casi nada. Cuando él le había preguntado, toda la nostalgia por sus pequeños alumnos había llenado de lágrimas sus ojos, y él la había abrazado con dulzura y le había ido secando el rostro como si se tratase de un juego gozoso y cálido. La había besado y ella, de pronto enarbolada, le había correspondido.

Al parecer, la sangre todavía corría por sus venas, Elena las había oído latir. No habían hablado de nada íntimo, como si no tuviesen alma. Eran dos cuerpos que se encontraban después del sol implacable y de la arena de un desierto, cada uno el suyo. Después de mucha sed.

III

Un viaje al sur de Inglaterra

I

Yo había escrito a mi hijo que nos reservase dos habitaciones en un hotel de Bournemouth. Si era posible, que no estuviese muy lejos de su casa. El largo tiempo de espera antes de que Antoni me respondiese me llevó a la convicción de que ir acompañado de Elena había contrariado sus previsiones. Seguramente eso estropeaba el plan de reconciliación que él debía de haber ideado con dificultades y trabajo. Con motivo del nacimiento de su hija, Antoni había hecho el esfuerzo de aceptarme de nuevo en su vida, aunque fuera de forma pasajera, y yo volvía a pifiarla presentándome con una desconocida. Pero para mí era vital que Elena me acompañase.

Finalmente recibí la respuesta. Annie había preparado ya una habitación con dos camas. Suponía él que yo no tendría inconveniente en dormir en el sofá del estudio y ceder el dormitorio a mi amiga. Le respondí que, si no era molestia, preferiríamos alojarnos los dos en la habitación doble. ¿Le resultaría extraño verme con alguien que no fuese su madre? Al cabo de un par de días me respondió que estaba todo a punto. Como entonces.

Remei había comprado una cuna blanca con barandillas, moderna. La de Antoni la había regalado tras unos años intentando sin éxito quedarse de nuevo embarazada. Todo estaba en su sitio. Las camisitas de niña, sin costuras ni botones. Recuerdo a Antoni tocándolas con incredulidad. ¿Tan pequeña sería la hermanita? Remei también le enseñaba los vestiditos; creo que había cosido uno de cada color como después haría con mis chaquetas. Uno blanco, uno rosa, uno azul cielo, uno verde... Cada uno tenía un motivo añadido: flores, animalillos, frutas... Bueno, la verdad es que no los recuerdo porque, aunque eran preciosos, llegué a odiarlos como si se tratase de harapos malolientes. El único que no le quité fue el rojo, porque todavía no estaba terminado y, en vez de guardarlo en el cajón, lo tenía en la caja de coser y no lo vi. Aquel no había quien se lo sacara de los dedos, se aferraba a él como un náufrago a un tronco mojado, lo mecía y, cuando lloraba, incluso se limpiaba la cara con él.

Yo le había dicho a Antoni que cuando naciera la niña en casa estaríamos empatados, dos hombres y dos mujeres, y que sería mucho más divertido, una de esas tonterías que se dicen sin pensar demasiado. Cuando todo estuvo a punto para el parto, Antoni se quedó con los abuelos. Mi suegra soltó otra de esas frases que estarían mejor retiradas en una caja fuerte. Le dijo que, cuando él se despertara al día siguiente, ya tendría una hermanita. Sabía que le pondríamos Margarida.

Nació por cesárea, pero no sobrevivió. Era preciosa, muy clara de piel, rubita, con las facciones redondas. Nos dejó como hechizados, y Remei se trastocó cuando se la quitaron. Ninguna palabra, ninguna muestra de amor por mi parte, podía consolarla. Desde aquel instante se encerró en su pérdida, en su dolor, y escondió la llave.

Antoni, con ocho años, tuvo que prepararse para continuar con la vida de antes. Él, mamá y papá. Seguramente yo estaba en la misma situación que él. Pero, en vez de ser cuatro, nos quedamos los dos solos. Remei ya no estuvo nunca más presente. Y yo, tozudo, seguí creyendo que tarde o temprano respondería al amor del hijo, al amor que los dos nos teníamos y que no había dejado de crecer. En cualquier momento despertaría de aquella pesadilla, y, aunque lo hiciera convertida en una princesa triste, estaba convencido de que con el tiempo conseguiríamos que sonriera de nuevo.

Solo les hacía caso a los vestiditos de la niña. Los acariciaba, los abrazaba, lloraba sobre ellos, los lavaba y los planchaba. Nos había olvidado. Días y semanas esperando que se repusiera. Sin ser consciente de ello, yo me iba irritando. Transcurridos dos meses, tuve que admitir que todo continuaba igual y, al cabo de poco, perdí los estribos. Una mañana, cuando me disponía a acompañar a Antoni, cogí todos los vestiditos y, ya en la calle, los arrojé a una papelera. Aunque lo llevaba bien cogido de la mano, tras dar un tirón, nuestro hijo echó a correr y recorrió solo lo que quedaba para llegar a la escuela.

Debería haber reaccionado, pero tenía el orgullo herido. Mi amor no era suficiente para poner freno al dolor de mi mujer. Ella no hablaba, no reía, apenas se alimentaba; miraba hacia dentro como si su vida fuera un saco y estuviera contemplando los escombros del fondo. Casi nunca nos miraba ni a mí ni al niño. Buscaba los vestidos por toda la casa, sin llegar a preguntarnos nunca dónde estaban, y siempre acababa sentándose con cara de perplejidad. Creo que la desaparición de los vestidos no hizo sino empeorar su situación.

Habría sido mejor que nada estuviera a punto.

Tal como estaba previsto, el avión llegó a las once al pequeño aeropuerto de Bournemouth. Lo reducido del espacio hacía que todo resultara hogareño, cercano, incluido el rostro de mi hijo. Vi que se sorprendía ante los cambios. Desde la última vez que nos habíamos visto, la mayor parte de mi cabello se había vuelto blanco. Hacía muchos años que no nos reuníamos, ni siquiera quise contarlos. A diferencia de en el pasado, cuando me pasaba todo el día metido en un ascensor o en un sótano, yo tenía ahora el rostro bastante curtido porque pasaba más tiempo al aire libre, y seguro que me había encogido. Él era un hombre hecho y derecho. Creo que Elena les cayó bien desde el primer momento. Annie sonreía, y al entrar en el coche puso a la niña en sus brazos. Margaret era un ser minúsculo de cinco semanas. Antoni y yo nos pusimos delante, y él condujo desde el asiento de la derecha, como allí es preceptivo.

2

La casa tenía planta baja y dos pisos, pero era estrecha. Alrededor tenía un pequeño jardín y un estanque minúsculo. Mientras ellas se ocupaban de la niña y de preparar la comida, Antoni y yo nos quedamos fuera sin saber muy bien qué hacer, con las manos en los bolsillos de los pantalones. Tuve ganas de fumar, y eso que lo había dejado hacía años. Fui el primero en decir algo:

—¿Qué te parece?

—Al menos no hacéis el ridículo.

—¿Qué quieres decir?

—Ya sabes, esos gestos de los enamorados... Se te ve mucho mejor que la última vez.

—Me he hecho mayor de verdad.

—Puede ser, pero se te nota más feliz.

Lo miré.

—¿Lo dices en serio?

—Por supuesto.

Tras el categórico dictamen de mi hijo, acudimos a la llamada de Annie. La niña se había dormido y podíamos sentarnos a la mesa. La comida fue agradable, pero a la hora de los postres, con la misma naturalidad con la que había alabado el rosbif, Elena contó que continuaba casada con Ramir.

Me tengo por un hombre moderno, avanzado en cuestiones de pareja, pero todavía me cuesta aceptar tanta sinceridad ante unos extraños. La cara de mi hijo cambió, y Annie continuó sonriendo. Y entonces, mientras yo trataba de contener mi espanto, Elena quiso explicarse mejor.

—No es lo que parece. No es que engañe a mi marido.

—Pero ¿sabe que estás en Inglaterra con otro hombre?

—Sí.

—¿Y que tienes otra pareja?

—Eso no es exactamente así. Tu padre y yo hace poco que nos conocemos, pero hemos congeniado, y un día me preguntó si quería acompañarlo a conocer a su nuera y a su nieta. Él tenía ganas de ver a su hijo, y yo le dije que sí. Me apetecía viajar con Armand, y así se lo dije a mi marido. Lo que le dije exactamente fue que tenía previsto ir con un compañero de yoga a Bournemouth, en el sur de Inglaterra.

—¿Y qué dijo?

—«¿Me dejarás comida preparada?»

—¿Nada más?

—Nada más.

—Pero ¿por qué no os habéis separado?

—Por cobardía, supongo, me he engañado diciéndome que volveríamos a entendernos como al principio.

Me sentí obligado a romper el silencio que se había instalado en la mesa después de las palabras de Elena, aunque me pareció que Annie también estaba a punto de hacerlo. Como el ser absurdo que soy, cambié de tema, quizá para buscar cobijo en la cobardía que Elena acababa de atribuirse. Hablé del yoga como un arte serio y profundo con apariencia de cotidiano y sencillo. Elena intervino. Quedamos como dos grandes defensores de esa disciplina y de la profesora que nos la enseñaba. Noté que mi hijo me miraba con condescendencia. Nos dieron la tarde libre, con algunas indicaciones para visitar la ciudad, especialmente el acantilado frente al océano.

Grandioso, cautivador, impresionante, no sé si se pueden encontrar las palabras adecuadas para describir la desbordante naturaleza de aquel risco sobre las aguas del océano, que, ahora enfurecido, se mostraba a intervalos y por unos instantes engañosamente quieto. El paisaje dejaba sin aliento. El gran parque de hierba verde surcado por senderos terminaba en un excepcional mirador del acantilado, con el tramo de arena amenazado constantemente por las olas; eran imágenes desconocidas para nuestras miradas. Elena no parecía cansarse de contemplarlo, y yo le pasé el brazo por encima del hombro y la observé mientras ella seguía atenta a aquel espectáculo repetitivo y magnificente.

Aunque dos breves chaparrones nos dejaron empapados, nos lo pasamos de primera. El tiempo cambiante era una celebración. Las nubes conchabadas, infladas de blanco algodón, y el azul intenso minutos después nos dejaron maravillados.

—Mira allí a la izquierda. Debe de ser la isla de Wight.

Antes de regresar a casa de mi hijo, tomamos el té, sin encontrarle grandes virtudes, en un local acogedor y no demasiado grande. Llegamos con un vino del Penedès, comprado en la calle principal a precio de oro, y un sonajero para la pequeña.

3

Después de cenar —habíamos comenzado a las siete—, Annie dijo que le apetecía cantar para nosotros. El afán de mi hijo por ahorrar palabras nos deparaba una sorpresa: su mujer es cantante profesional. Me descubrí conteniendo la respiración mientras escuchaba su preciosa voz. De vez en cuando, observaba la luz que se reflejaba en la cara de Elena. En cuanto a la de Antoni, creí ver en ella que su mujer lo volvía a enamorar perdidamente. Quién sabe si, más que a nosotros dos, la actuación iba dirigida sobre todo a él. Si mi corazón hubiese sido el de Antoni, habría latido como el de un enamorado primerizo y hubiera deseado irme a la cama cuanto antes.

Pero fue Elena la primera en retirarse. Dijo que necesitaba dormir. Después, con la excusa de que a la niña le tocaba comer, Annie nos deseó buenas noches. Tenía una expresión dulce. Cuando nos quedamos solos, Antoni me esquivaba la mirada. Supe que no me perdonaba y, sin que él mostrara demasiado interés, le conté que hasta aquella noche no había sabido que el hijo de Elena era maestro y trabajaba en una cárcel. Creo que Antoni celebró que me enterara de aquello al mismo tiempo que ellos dos. Justo después de que Elena acabara de hablar de Marc, Annie había dicho que cantaría.

Lo que solo yo sabía era que, mientras la joven cantaba, había dejado de ver a mi hijo tal como era en ese momento y lo había recordado de niño, con su inmensa alegría, las ganas de pasárselo bien mientras todo nos sonreía.

—¿Qué canción ha cantado Annie?

—Se llama *Canción de Solveig*. Es de un compositor noruego, Edvard Grieg.

Después de mucho tiempo, comprendía perfectamente que el niño que había sido Antoni no pudiese perdonar mi disgusto sin explicación ni mi arrebato. A la muerte de la hermanita, se había sumado el hecho de que Remei quedase devastada por la pena. Pero mi responsabilidad como adulto aún me pesaba. Me di cuenta de que seguía en falso con mi hijo y que, o bien le pedía perdón pronto, o bien desaparecía para siempre de su vida, como un fracasado.

Me levanté a las ocho, procurando no despertar

a Elena, a la que había oído moverse en su cama durante toda la noche. Annie me recibió en la cocina con una sonrisa. Entre sus brazos, la niña resplandecía con la piel clarísima; me la pasó y me dijo que Antoni había salido a correr como cada mañana. Sirvió té para los dos.

Yo no me atrevía a moverme. Estuve conteniendo la respiración hasta que solté un suspiro. Annie dejó entonces a la pequeña en un capazo y me miró.

—Sé que le fallé, pero no sé cómo decírselo.

—Así, tal como ha sonado ahora, irá bien.

Ella conocía nuestra historia y estaba de acuerdo conmigo. De nuevo me di cuenta de que era algo urgente, no podía dejar pasar más tiempo.

—Si os parece bien, os llevaremos a un sitio que nos gusta mucho. Se llama Tyneham. No está lejos. En la Costa Jurásica, al este de Lulworth Cove.

Yo solo pensaba en hablar con Antoni. En ese momento oí que Elena entraba en el lavabo. Saber que la tenía a mi lado me calmó un poco.

—Me parece muy bien.

—Antoni os contará mejor lo que allí pasó, pero solo por el paisaje ya vale la pena.

Fui a ordenar la habitación y, cuando salí, mientras Elena acababa de arreglarse, mi hijo ya se había metido en la ducha. De nuevo me moría por un cigarrillo, después de veinte años de haber dejado de fumar.

4

Nos informaron de que nos dirigíamos a Poole, la ciudad más grande de la zona. Nos detuvimos en Wareham para dar una vuelta y admirar sus dos iglesias principales. La pequeña se portaba bien y entre nosotros reinaba el buen humor. De todos modos, yo no había conseguido sacudirme las tribulaciones de la noche y, cada vez que me encontraba con la mirada de Antoni, creía ver en ella una demanda, una interrogación. El tiempo era claro y un poco ventoso.

Elena y Annie parecían haber congeniado y se alternaban en un diálogo distendido que me recordó a las golondrinas cuando, antes de que empiece a llover, parece que se roben el espacio unas a otras. Sus palabras acompañaban nuestros pasos.

De nuevo en el coche, Antoni nos resumió los hechos que habían afectado a Tyneham. Entendí que durante la Segunda Guerra Mundial, bajo la amenaza de la invasión nazi, los ingleses inspeccionaron el perímetro de las islas Británicas en busca de algún lugar para que los norteamericanos desembarcaran. Una de las posibilidades era un punto de la costa de Lulworth Cove, dentro de la llamada isla de Purbeck.

Annie y Elena hicieron una pausa en su charla de colegialas en día de excursión. Lo agradecí, pues no disfruto demasiado de esa familiaridad entre mujeres, frecuente en todas las latitudes, que hace que los hombres nos sintamos excluidos. Como no podía ser de otra manera, bajamos del coche.

La belleza de la bahía nos arrancó exclamaciones de sorpresa y, enseguida, nos dejó sin palabras. Antoni cargó a la pequeña en una mochila que la cobijaba en su pecho y avanzamos en fila india. Primero por la arena, junto al océano, y después ascendimos entre el verdor de la hierba. Pese a estar fascinado por lo que veían mis ojos, cuando llegamos arriba pedí llevar un rato a mi nieta ligada al cuerpo. Una mirada de Annie bastó para que Antoni no ofreciese resistencia. Al poco, llegamos a Tyneham.

Era un pueblo bellísimo que entonces, en el año 43 del siglo xx, resultó encontrarse en el lugar equivocado, algo así como alguien que sale a la calle, coincide con dos que se están peleando y paga las consecuencias. Tenía 225 habitantes, y la mayoría de las familias se dedicaban a la pesca. Ahora, la práctica totalidad de las casas está en ruinas. Quedan la iglesia y la escuela. Ambas han sido conservadas. La escuela, tal como debía de ser en aquella época, momentos antes de ser abandonada por sus habitantes. La mesa del maestro, los mapas, la pizarra, cada uno de los pupitres de los alumnos con su material escolar. Al salir, Elena tenía los ojos brillantes. Continuamos caminando, y el mar, la inconmensurable belleza de la Costa Jurásica, siempre se mantenía al alcance de nuestras miradas, pero estábamos en territorio militar e íbamos topándonos con señales que lo atestiguaban.

—Los habitantes de Tyneham esperaban poder volver una vez que se acabara la guerra, pero, pese a las protestas, el pueblo y todos sus alrededores pasaron a ser propiedad del Ministerio de Defensa. Y hasta ahora.

—Quedó abandonado para siempre.

Creo que Antoni temía que yo hablara de la guerra civil española, de la experiencia familiar, pero no lo hice, ni tampoco Elena. Ella no mencionó que había sido maestra durante muchos años, que había pasado un montón de horas dentro de un aula, como yo esperaba que hiciera.

Entonces Annie me pidió que le devolviera a su hija, totalmente dormida sobre mi corazón. Después pasé el brazo por encima de los hombros de Elena.

5

Elena fue la primera en retirarse, como la noche anterior. Sus ojos redondos, cada uno encima de una luna oscura, sonreían apagadamente cuando dijo que necesitaba dormir. La corteza de árboles milenarios, el incansable oleaje, el pueblo, aquel hermoso día juntos no me habían dejado indiferente, pero yo todavía habría podido recorrer siete montañas más, pues había conseguido intercambiar algunas palabras con mi hijo sobre el pasado. Había ocurrido después del pícnic. La niña descansaba en el cochecito, así que aproveché un momento en el que las mujeres continuaban con su animada cháchara para lanzarme al vacío. Mi hijo y yo comenzamos a pasear por los alrededores. De hecho, saqué el tema de una forma bastante torpe.

—Antoni, ¿tú te acuerdas de que tuviste una hermana?

Asintió con una sonrisa.

—Sí.

—Tu madre necesitaba atención profesional, pero yo estaba a oscuras.

—Sí, lo supongo.

—Te queríamos, pero la reacción de mamá me superó por completo.

—No te preocupes, ya ha pasado.

—Ahora veo con claridad hasta qué punto os fallé. Pensaba que el tiempo acabaría poniendo las cosas en su sitio y solo me preocupé de seguir sobreviviendo. Lo siento mucho, sobre todo por ti...

—Dejémoslo. Te agradezco que me hables de ello, pero ahora ya está superado y no tengo ganas...

—No quiero molestarte con recuerdos, pero necesitaba saber si lo tenías presente y si me puedes perdonar.

Antoni me agarró por los hombros y yo noté cómo me levantaba un poquito sobre el suelo. Está fuerte y es más alto que yo. Al instante, volví a aterrizar tras haber estado en el cielo por unos instantes.

—Yo mismo no sé qué haría si me ocurriese... Desde el nacimiento de la niña he pensado a menudo en ello.

Iba a desearle que pudiese tener aquella fantástica familia durante muchos años, pero me sorprendí guardando silencio mientras una sensación de calidez me inundaba el pecho. No había conseguido decirle lo que quería ni de la manera en que deseaba expresarlo, pero había hablado de un tema que llevaba años sumergido en mi interior, como un submarino ciego dentro del mar. Nos habíamos quedado un poco rezagados de las dos mujeres y, sin haberlo acordado, los dos caminamos más deprisa dejándonos guiar por sus voces.

Pensé que el tiempo posee unas extrañas cualidades. Lo sabe todo el mundo. Se dilata o se contrae a conveniencia. ¿De quién? Salta sobre los días, engulléndolos como si se tratara de un manjar al alcance de alguien hambriento. Frena de golpe haciendo descarrilar los vagones en un espacio deshabitado donde resistir tan solo una hora parece imposible.

La conversación con Antoni me había desvelado, y habría asegurado que el cuerpo de Elena daba señales de que no dormía, pero no podía estar seguro. Tenía ganas de abrazarla, pero, si bien suelo pecar de atrevimiento, en aquel ambiente no osé hacerlo. Dejé vagar mis pensamientos sin interferir en el sueño o los pensamientos de ella. Hacía rato que se había ido a la cama.

Y volví al gran tema de mi vida, pero la perspectiva ahora era diferente, la sentencia me asustaba. Juez y parte, me daba cuenta de que, en las mismas circunstancias, habría vuelto a cometer el mismo error. La reacción de Remei a la muerte de su niña siempre me había parecido alejada de toda razón. Había abandonado a los dos vivos para seguir honrando la ausencia de una criatura que no había tenido tiempo de conocer. Aún ahora me topaba con las mismas ideas. Me había encontrado con la pared, y allí, aprisionado, había hecho y deshecho, sin defenderme ni escabullirme. ¿De quién? ¿Sin pedir ayuda a quién? Trabajaba mis horas y me hacía cargo del niño y de la casa. Antoni iba al colegio, a casa de los abuelos, de excursión... El niño se convirtió en un adolescente y después en un joven. Se fue de casa a los dieciocho años. Yo creía que había hecho todo lo que podía, incluso un poco más, pero nada había tomado un buen camino.

Finalmente intenté recordar la *Canción de Solveig*. No lo conseguí, pero sí se me apareció la imagen de Annie, su cuello esbelto y claro enlazando y guiando las notas, la sonrisa de sus ojos buscando a Antoni, sus cabellos vaporosos y rubios como espigas. Y entonces debí de dormirme.

6

Durante el vuelo, tras una breve conversación, Elena había cerrado los ojos mientras yo mantenía agarrada una de sus manos con la mía. Me había dicho que el viaje había sido una experiencia muy hermosa, que le gustaba mi hijo, y mi nuera, y Margaret. Le dije que lo entendía, pues yo era el más feo de los cuatro, y la hice reír. Tenía ojeras, seguramente había dormido menos que yo, pero no parecía dispuesta a decirme nada de lo que le rondaba la cabeza. Tal vez de vuelta a casa las nubes intentaban tapar el cielo de la libertad. ¿Por qué conservaba a aquel maldito marido? No creía que fuera porque él no iba a poder soportarlo. ¿Qué tipo de mangante...? Miré a lo lejos y una espesura completamente blanca me rebatió los argumentos. Yo no podía reprochar nada a nadie, pero en este caso tenía muchas ganas de hacerlo. Entonces recordé una frase que había dicho Elena un día: que en las decisiones importantes siempre estamos solos. Seguramente era esa idea la que nos distanciaba pese a encontrarnos tan cerca uno del otro. Finalmente, también yo cerré los ojos.

—¿Necesitan ayuda?

Un chico me miraba mientras yo intentaba arrastrar la maleta de Elena hacia el borde del compartimento de equipajes antes de bajarla al pasillo.

—Lo puedo hacer yo.

La mirada de Elena hizo que me percatara de lo poco acertada que había sido mi respuesta. Fue ella la que le dio las gracias. Un pinchazo en la espalda me confirmó que soy un poco fantoche. El amable joven toqueteaba ahora su móvil mientras yo me deslomaba con el equipaje. No le perdonaba que nos hubiera hecho recordar que éramos frágiles, y era yo el que recibía el castigo. Me hubiera gustado poder llegar al menos a la calle de Sants antes de ver mi cuerpo y mi cara a través de los ojos de un extraño.

De nuevo uno al lado del otro en el autobús que comunica Girona con Barcelona, me salió con que quería dormir un poco más. Cuando retiró su mano de la mía ya no me pude aguantar.

—Por favor, Elena, no me dejes.

Por respuesta, ella volvió a coger mi mano sin decir una palabra.

Al menos allí las filas eran de dos asientos. Yo le dije que su compañía había sido muy importante para mí, que sin ella el viaje a Inglaterra no habría sido igual. Sonrió.

—No has de preocuparte. Tengo que tomar decisiones. Alejarme de casa me ha servido para aclarar un poco las ideas, pero continuaremos siendo amigos.

Amigos, amigos... ¿Por qué aquella palabra me parecía en ese momento un premio de consolación? En la adolescencia, cuando te gustaba una chica y le preguntabas si podías acompañarla, a veces te decía eso. Que podíais ser amigos y, más adelante, ya se vería. Era como un martillazo al deseo de besarla, de ir agarrados de la mano delante de todos. ¿Amigos?

Quizá Elena adivinó mi desilusión, quizá me vio la cara.

—Me lo he pasado muy bien, de verdad.

—Pero ahora prefieres ir a tu aire.

—Lo que he de hacer no lo puedes hacer por mí, ni siquiera conmigo.

¡Vaya juego de palabras! Soy un zoquete. Le pedí disculpas y le besé la mano que una de las mías seguía agarrando.

7

Me acababa de levantar de la cama. Me había acostado enseguida después de llegar a casa, tras un viaje que —no lo diría ante nadie— se me había hecho pesado. Durante la noche, a lo largo de la cual soñé mucho, me desperté dos o tres veces, y, finalmente, ya con los ojos bien abiertos, sin saber todavía muy bien dónde me encontraba, me topé con las paredes de mi habitación. Cuando conseguí caminar y salí al pasillo, vi la maleta. Ofrecía una estampa extraña allí en medio, como si estuviera esperando una mano que la asiera de nuevo para llevarla a otra parte. Debe de ser aburrido ejercer de maleta cuando tu propietario no viaja.

Llamé a Elena y, con pocas palabras, me dijo que estaba cansada, que no pensaba salir hasta el día siguiente. En la línea de las últimas horas.

Cuando hube asimilado la negativa de Elena a hacer algo juntos, tiré del asa y, con la ayuda de las ruedecitas, llevé la maleta hasta la cocina, frente a la lavadora. Estaba convencido de que casi todo lo que había en su interior necesitaba una mano de agua y jabón, pero un bajón repentino en mi estado de ánimo hizo que la abandonara de nuevo y fuera a sentarme al sofá. El techo del apartamento se me venía encima, y eso que yo ni siquiera lo había provocado con la mirada. Me pitaban los oídos, sudaba; el ruido de la calle y de los vecinos me sugería que ya no estaba en Bournemouth. ¡Uf, qué solo me sentía! Por un momento me di cuenta de que sonreía al pensar en mi hijo y cerré los ojos implorando la brisa sobre los acantilados. Me ducharía y me pondría ropa limpia. Iría a dar una vuelta, tenía que comprar fruta, pan, llevaba horas sin llevarme nada a la boca. Volvería a llamar a Elena, aunque solo fuera para intercambiar con ella un par de palabras. Alguna pieza de su mundo se había desajustado durante el viaje, y yo había perdido la pista de lo que era. Estaba más desorientado que al principio, cuando lo único que conocía de ella era su aspecto físico.

Al cabo de un rato me encontré caminando por la calle de Sants. El hecho de ver caras y cosas conocidas, de entender todos los rótulos y la mayoría de las palabras que escuchaba, o casi, hizo que respirase hondo. El buen tiempo empezaba a propagarse por todas partes y, aunque noté de nuevo que el sudor recorría mi cuerpo, saber que estaba en mi barrio, en Barcelona, me llenó de optimismo.

IV

Vuelta a la rutina

I

El sonido del chorro de agua en la cocina frenó sus pasos. Iba directa al estudio, pero... ¿Ramir fregando platos? Se desvió y entró.

Ramir no, era Marc.

¿Qué hacía en casa? El hijo le contó que su padre le había llamado para decirle que estaba solo, que no se encontraba bien, que ella se había ido con un compañero de..., su padre no se acordaba del nombre, aquello que hacía en el centro cívico del barrio.

—Sí, sí, pero ¿dónde está?

—En el estudio.

Elena fue allí, y él levantó la cabeza de la pantalla del ordenador.

—¿Ya estás aquí?

En los oídos de ella todavía resonaban las palabras en inglés, los rostros de la joven familia rodeada por un lazo de tiernos afectos. Las imágenes del océano, la escuela abandonada a la hora del patio. La escuela.

Marc opinaba que entre sus padres pasaba algo —como si aquello fuese «opinable»— y que debían hablar. A Elena le pareció que estaba viviendo unos instantes que llevaban veinte años de retraso. Hablar, escuchar. Ramir callaba. Ella también prefirió mantener la boca cerrada. Habría deseado tener tiempo para cortar el vínculo con la experiencia que acababa de vivir. Tener tiempo para planear dos conversaciones. Una con Ramir; la otra, con su hijo, que en ese momento dijo que hacía mucho calor y que le apetecía una cerveza. Ramir dijo que él también quería una.

Cerveza.

Ella se acomodó en una silla mientras Marc iba a la cocina. Le pidió a su marido que tomara asiento cerca, pero hasta que el hijo no entró de nuevo con la cerveza Ramir no se movió.

—Ahora quiere que me siente en el sofá.

—¡No cuesta tanto, papá!

Intentó ordenar sus pensamientos mientras su marido, con dificultad, avanzaba hacia ella. La camisa le sobresalía por encima del cinturón. Lucía una mancha en el lado izquierdo del cuello de la camisa. Un botón a punto de hundirse a la altura del pecho.

Marc se había sentado en un puf frente a los dos.

—Es el tercer trimestre que me matriculo en un cursillo de yoga del centro cívico. Te lo he comentado cada vez, incluso te he animado a que te apuntes a realizar algún tipo de ejercicio. Practico yoga con una profesora joven, muy buena.

—Ya ves, chico, continúa tan precisa como siempre.

—¿Precisa? Lo que pasa es que cuando yo hablo tú no prestas atención ni un segundo.

—Ja, ja, ya lo ves... ¿Qué te decía?

—¡Pero dilo! ¿Qué le decías? ¿Qué dices, venga? ¿Que vivimos como dos extraños que comparten piso?

—Detecto irritación por parte de los dos...

Irritación. La había clavado. Ese era su estado. El cuerpo cansado, la mente todavía puesta en la vida de Antoni y Annie, con la determinación de hablar, sí, pero después de ducharse, de descansar... Intentó calmarse y aprovechar que Marc estaba allí, que quizá podría hacer de hilo conductor entre Ramir y ella.

—¿Has estado enfermo?

—¡A ti no te ha importado!

Marc le inquirió si había otro y Elena le dijo que esa manera de preguntárselo la incomodaba.

—Entonces...

—Ja, ja, ¡ya te lo decía! ¡No se puede hablar con ella!

—Sí, sí que se puede y te lo demostraré ahora mismo.

Elena contó que había conocido a un hombre en el grupo de yoga, que primero habían hablado de los hijos y otro día de sus aficiones. Y una mañana Armand le había dicho que la mujer de su hijo acababa de tener una niña, que vivían en el sur de Inglaterra y que se le hacía una montaña ir él solo... De pronto, ella había tenido ganas de hacer aquel viaje, de acompañarlo.

—¡Qué bonito!

—Con tu padre hace tiempo que no hacemos nada juntos, ni ir al cine, ni al teatro, ni salir a dar una vuelta. Creo que ya no tenemos nada en común y me siento liberada del compromiso que contrajimos.

—¡Pero que te diga ella de qué viene eso!

—¡Díselo tú, si lo tienes tan presente!

—¡Viene de tu orgullo, Elena!

Tal vez por el tono que Ramir empleó, grave y plano, diferente del aire de burla que había adoptado hasta ese momento, ni Marc ni Elena respondieron.

La palabra *orgullo*, como un racimo de lustrosa uva, pesado, con granos podridos en el centro, de esos que no se ven, había embadurnado los sentidos de Elena, le había trabado el estómago y la palabra. Hasta que se tragó el jugo y quiso escupir las pieles.

—Explícate.

—¿Te creías que no lo había notado? Desde aquel maldito accidente, tú nunca volviste a confiar en mí. Hiciste como que sí. Dijiste que me perdonabas, pero yo tenía claro que no era verdad. Una parte de ti, la orgullosa y apreciada profesora, nunca más me dio el aprobado.

—Pero, papá...

—Dejó que pasara yo solo la recuperación, y con esa excusa nuestras relaciones sexuales se distanciaron. Y después, cuando la nombraron directora... ¡Uy, entonces se acabó todo! Te venía a buscar y te llevaba con ella a la escuela; jugabas allí mientras ella tenía reuniones, trabajaba en la programación o preparaba el final de curso.

—A ti no te iba bien quedarte con él. ¡Tenías que concentrarte para escribir o acudir a algún acto literario!

No era el momento de recordar que Marc enseguida había tenido dificultades con sus compañeros. Era un niño muy sensible. En aquel entonces no era ya el renacuajo que escuchaba cómo su padre le contaba cuentos; era inquieto y se refugiaba en su propio silencio. Una psicóloga lo veía una vez a la semana, y ella quería tenerlo cerca cuanto más tiempo mejor. Se quedaba en la escuela mientras Elena y sus compañeros trabajaban, jugaba con los hijos de los otros profesores, dibujaba mientras ella e Iker discutían. Ella había cargado con las necesidades extras de su hijo, se había implicado a fondo dando por hecho que Ramir no la ayudaría demasiado, pues él salía por las noches, cuando la vida cultural se hace presente en la ciudad. Tal vez deberían haber hablado más, pero, de todos modos, ¿acaso ella le había impedido desempeñar un papel más activo en la educación del niño?

Todo aquello se había disparado en su mente como una película. Pero también había reconocido que Ramir tenía razón. Ella no lo había perdonado. Había perdido la confianza en él. A su manera de comportarse él la llamaba *orgullo*. Fuese lo que fuese, Elena ya no creía que se pudiese hablar de todo, lo había hecho de verdad una vez, pero, cuando Ramir empezó a salir de nuevo por aquí y por allá, ella se atrincheró detrás de Marc y del trabajo, y se negó aquel nuevo amor que había empezado a despuntar con Iker. No, ya no creía a Ramir. ¿Era orgullo?

—Por el accidente supe que me engañabas. ¿Cuánto tiempo hacía? ¿Cuál de las dos poetas era la que se acostaba contigo?

—Pero aquello se acabó. Yo fui sincero.

—Y yo te admiraba, te quería, tenía fe en ti y de golpe...

Ramir insistió en que era orgullo y más orgullo; ella no lo podía perdonar.

Orgullo sin compasión.

Marc, con la cabeza entre las manos, la miró.

—¿Piensas irte a vivir con tu compañero de yoga?

La piel gruesa de las uvas todavía le atoraba la garganta. Contestó que no lo sabía. Creía que ella y su padre tenían que separarse, pero también que lo que necesitaba era irse a vivir sola.

—¿Lo ves, Marc? Ahora habla como si yo no estuviera.

Marc no dejó que su madre replicara que Ramir también podía dar su opinión, como ella. Les dijo que, aprovechando que habían empezado a hablar de cosas importantes, él quería darles una noticia.

—Tengo pareja y soy feliz.

—Hombre, Marc, qué bien, ¿y por qué no la traes a casa?

Entonces vino lo que Elena ya suponía desde hacía tiempo. Marc dijo que si traía a alguien a casa sería a él, no a ella.

—A ti no te pilla por sorpresa, ¿verdad, mamá?

Tiempo atrás, cuando él estaba ya preparado para contárselo, ella no había tenido valor para escucharlo.

—¿Así que tú también eres homosexual?

—¿También? ¿Acaso tú lo eres?

Marc se echa a reír. ¡Qué tontería!, exclama

Ramir. Lo que quiere decir es que ahora se habla mucho del tema, se sabe que muchas personas conocidas lo son... No es como antes.

—Sí, papá, se habla de ello, tienes razón... Pero tú, mamá, ¿no pecaste también de orgullo conmigo?

De nuevo, el racimo de uvas se calienta en el interior de su boca y le deja una baya amarga entre la lengua y el paladar.

—¡Otra vez! Yo pequé de miedo, de no saberte aceptar, porque me pilló por sorpresa, pero ¿de orgullo? ¿Por qué de orgullo?

Pese a que se muere de ganas de hacerlo, no consigue escupir la uva, que le ha dejado restos de piel y pepitas entre los dientes.

—Una persona como tú, impecable en todo... ¡Y va y resulta que te sale un hijo gay!

—Quiero que sepas que, en esto, estoy de acuerdo con tu madre.

Elena se acalora. ¿En qué están de acuerdo? Ella acepta a Marc como es, aunque no supiera escucharlo cuando él finalmente quiso sincerarse, y está segura de que eso los ha separado. Ramir refunfuña que ni siquiera en este punto Elena quiere estar de acuerdo con él, mientras Marc afirma que estará encantado de presentarle a su pareja y olvidar el pasado.

—¿Un hombre?

Marc mira a los ojos a su padre.

—¡Un hombre, sí! ¡Un hombre que me ama y al que quiero con todo mi... ser!

—¡Cuando quieras!

Las palabras de Elena enardecen de nuevo a Ramir:

—¡Sí, ahora hazte la moderna!

Marc propone ir a comer algo juntos, tiene hambre, pero Ramir dice que ya ha tenido bastante de charlas.

—¡Venga, papá! ¿No te quejabas de que no sabías lo que le pasaba a mamá? Pues ahora ella te lo ha dicho y tú has podido responderle, y podéis seguir hablándolo.

De pronto, Elena se lleva las manos al rostro, intentando ocultar sus lágrimas. Poco después se levanta para ir a enjugárselas. Ramir comenta que las mujeres lo arreglan todo llorando, a lo que Marc le responde que a él las lágrimas no le asustan, son buenas, deshacen nudos de dolor.

—¿En la cárcel te sirven de algo este tipo de reflexiones?

—Aprendo más yo de los presos que ellos de mí.

—¿Y qué podrían enseñarte personas que han robado, violado o incluso matado?

Elena ha vuelto. Se ha tragado el espumarajo amargo que anegaba su boca y se ha lavado la cara. Se ha cambiado la blusa de manga larga por una camiseta.

—¿Vamos?

—Id vosotros. Yo me quedo.

—Papá, ven. Es importante que continuéis hablando.

—No lo sé.

—Cuando quieras te presento a Lluís.

—Yo esto tuyo necesito asimilarlo. Necesito asimilar lo de los dos.

2

Al salir a la calle, Elena percibió el calor como un ataque; le pareció como si se abalanzara sobre ella, junto a todos los ruidos que había a su alrededor y la rutina, cercana y dispersa. Caminando junto a Marc, que ahora estaba en silencio, deseó llenarse de nuevo de las palabras inglesas de los últimos días, de las imponentes imágenes del paisaje.

El error de retrasar unos meses el momento de hablar con su hijo era evidente. El de los años sin dialogar con Ramir se antojaba ahora tan estremecedor como el acantilado al que se había asomado. ¿Orgullo? Esa palabra era mucho peor que los granos de uva de piel gruesa y ácida. Se le había clavado entre ceja y ceja.

Tras pedir la comida, Marc se soltó a hablar sobre Lluís. Cómo era, qué era lo que le gustaba más de él. Elena supo que lo había conocido en la cárcel: era un preso que había sido alumno de su hijo.

—Pero siempre soy yo el que aprende de él.

Le preguntó si vivían juntos. Sí, desde hacía dos meses, y nunca había sido tan feliz.

Marc le dijo que él se parecía a su padre, era más bien presuntuoso, al contrario que Lluís, que siempre tenía los pies en la tierra. Hablaron de Ramir.

Elena no tenía hambre.

Marc entendía que la infidelidad de su padre hubiese afectado a su madre, lo que no podía entender era cómo se podía vivir durante años junto a una persona que no te atrae y que te ha decepcionado.

—Creo que ahora que sois mayores deberíais intentar arreglarlo.

De repente, Elena se acordó del museo del tanque. En medio de aquella naturaleza privilegiada, después de visitar Tyneham, se anunciaba el museo militar.

Fue al lavabo y vomitó.

Tras la comida, Marc se había despedido apresuradamente porque tenía que ir a trabajar. Elena salió a la calle. El ambiente era tranquilo pese al tráfico incesante, que en cualquier caso ya no era tan denso como hacía unas horas.

Se había desviado hacia el parque de la España Industrial antes de volver a casa. Paso a paso. Buscó un banco a la sombra. No muy lejos, unos chicos jugaban al baloncesto y coreaban ruidosamente cada canasta. En el lado opuesto varios perros corrían por el césped, cortado en dos grandes calvas diferenciadas. Aunque era agradable, el parque le resultaba demasiado ruidoso y descuidado. En otros tiempos se había sentado también en uno de aquellos bancos a leer o a no hacer nada, mientras las palabras *fracaso* y *cobardía* tintineaban en sus oídos. De pronto recordó que allí también había empezado a escribir tratando de apaciguar su angustia. Pero aquel día las palabras que le venían a la cabeza eran *error* y *orgullo*. El resultado y quizá la causa de las dos primeras. Solo tenía que añadir *prisa*. Si quería cambiar algo, no tenía tiempo que perder.

De pronto echó de menos a Armand. Su capacidad para simplificar las cosas y su buen humor. Elena no sabía que era precisamente ella la que despertaba en él esas cualidades, que era ella la que le había devuelto las ganas de vivir y de estar contento. No lo llamaría, pues no se sentiría bien contándole la conversación con Ramir, tampoco la que acababa de mantener con su hijo. La fuerza y la energía que había experimentado durante el viaje se habían esfumado. Se puso de pie y, tras caminar unos cuantos pasos, un perro que acababa de salir del estanque se sacudió el agua a su lado. El hecho de que el dueño o la dueña del animal no se disculpara era la señal inequívoca de que había aterrizado en su país. Se dirigió a casa.

Ramir estaba frente al ordenador. Levantó la

cabeza en un breve saludo y ella le respondió con un hola. Se propuso vaciar la maleta. El dormitorio parecía ordenado y la cama estaba hecha. Se dejó caer sobre ella: dormiría un poco y más tarde haría lo que pudiese. Un roce de ropas la despertó por un instante, era de noche, Ramir le preguntó si no quería ponerse dentro de las sábanas, y ella se dio la vuelta y continuó durmiendo. Al despertarse estaba sola. Observó la habitación a la luz de la mañana. Recordaba que en la flor de la juventud había escogido, entre diferentes muestras de papel pintado, el que más le gustaba, y lo mismo había hecho con la ropa de cama. Como un manantial silencioso, las lágrimas caían a un lado y otro de la nariz, y la vista se le nubló.

¿Eran todos aquellos años un tiempo perdido? ¿Cómo podía haber sido tan estúpida de esperar que, sin dialogar, la situación mejorara por sí sola? Años trabajando apasionadamente. Pendiente de su hijo. Ocupándose de sus padres y de su suegro. Llenando horas y más horas junto a Ramir, él siempre encerrado en su silencio irónico, herido, y ella también al fin tozuda en el distanciamiento, creyéndose fuerte por salir adelante sola. Domesticando el desengaño. Sí, había habido orgullo en su interior, se daba cuenta de ello, pero... ¿qué había dentro de Ramir?

Se fue a la ducha con las mejillas caladas.

3

Elena entró en el local de la asociación de vecinos donde ensayaba la coral y enseguida se sucedieron las palabras de bienvenida, de alegría y de sorpresa. Hacía casi dos meses que no se pasaba por allí. Se había apuntado tras jubilarse para llenar un tiempo que hasta ese momento había tenido siempre ocupado y que de pronto se extendía ante ella como un camino amplio y bastante desolado. Pendiente de la relación con Armand, casi se había olvidado. De hecho, después de un trimestre apenas conocía a nadie, solo a Pilar, que hacía tiempo que formaba parte de la coral. Se acercó a ella tras excusarse diciendo que había estado muy ajetreada y que lamentaba haberse ausentado durante tanto tiempo.

En la coral se reunían jubilados de dos hornadas diferentes, con alguna excepción: personas vinculadas a la coral por trabajo, amor o familia.

La hija del director, de veintipocos años, era la integrante más joven; además de cantar, tocaba el piano. Había también un grupito de cinco mujeres, todas ellas rondaban esplendorosamente los cuarenta. Y dos hombres también de esa edad. Elena, Pilar y otra mujer eran las más jóvenes dentro de los mayores. El resto estaba formado por personas de unos setenta años, bien conservadas y con una voz bonita y poco potente. Había dos que no habían cantado nunca antes ni entendían de música, y que iban allí más que nada para conocer gente. Completaba el grupo un venerable viejecito bastante sordo que cantaba siempre a destiempo y tres cabezas casi blancas que, siempre juntas, unían sus exiguas voces para dar más cuerpo al coro. El director era un abogado con vocación musical, un hombre apasionado que animaba o echaba la bronca al grupo dependiendo de lo mucho o poco que desafinaran y de lo cerca que estuviera la siguiente actuación.

Tuvo la agradable sensación de que todo el mundo celebraba su vuelta.

El director se le acercó.

—Estoy contento de que hayas vuelto. Nos va muy bien contar con una voz más. Si conoces a alguien que entone bien... Sobre todo nos faltan hombres.

Ramir tenía buena voz. De niño había cantado

de solista y en diferentes coros. Pilar y ella se miraron pero ninguna de las dos dijo nada.

—Te pondrás... Mira, ponte aquí. Venga, comencemos, que tenemos mucho trabajo. ¿Cómo te llamabas? Ahora no me viene...

—Elena. ¿Te acuerdas?, no tengo una voz demasiado...

—Tranquila, si pudieses practicar un poco en casa sería fantástico.

Pilar le contó que estaban preparando el concierto de final de curso y que Xavier estaba preocupado porque había algunas bajas y eran pocos. Una mujer, que era una soprano excelente, se había roto el fémur, y uno de los hombres había muerto hacía poco tras luchar contra un cáncer.

—Seguro que te acuerdas de él, se llamaba Jordi. Siempre llevaba ropa deportiva de colores vivos y estaba todo el rato bromeando... Era un gran excursionista.

Elena no caía.

Comenzaron. Estaban ensayando *Amazing Grace*, una especie de himno norteamericano, aterciopelado y emotivo. Elena se incorporó tímidamente. Volvió la cabeza hacia donde se agrupaban los hombres. Solo eran siete, había el doble de mujeres. Recordó entonces quién era el que no habría de volver. Un hombre alto, de cara siempre sonrosada, cabellos rizados y unos ojos muy claros. A menudo había carcajadas a su alrededor, pese a que él se mantenía serio o con una sonrisa cómplice. ¡Claro que lo conocía! Era un poco mayor que ella, simpático y directo. Un día habían hecho juntos un tramo del camino a casa. Elena notó que se le rompía la voz y no tuvo más remedio que quedarse en silencio. Ramir no le había preguntado a dónde iba ni con quién. Como si le dijera: haz lo que quieras, eres libre. O bien: a mí me da igual lo que hagas.

Cuando terminó el ensayo regresó a casa en compañía de Pilar. Se quedaron un rato hablando a la entrada de la casa de Elena.

—¿Quieres subir? A Ramir le gustará verte.

—Es muy tarde, no quiero molestaros.

—¡No molestas, sube un rato!

Elena había pensado que Pilar le preguntaría por Armand. No lo había hecho. Era discreta. Al verla, Ramir se levantó con rapidez de la silla y la saludó con amabilidad. Se conocían desde pequeños, sus padres eran amigos, y al cabo de los años, cuando Elena y Pilar coincidieron trabajando en la misma escuela, se reencontraron. Pilar había tenido pareja durante unos años, pero ahora vivía sola. Se había quedado en el barrio, como ellos; aun así, pensó Elena, debía de hacer tiempo que no se veía con Ramir.

Él le propuso que se quedara a cenar, se le veía

animado. Durante la velada, algunos recuerdos de Pilar se deslizaron por la conversación como agua que goteara de hojas otoñales. De pronto, se había puesto a recitar unos versos de Ramir y le había preguntado si se había inspirado en los días de fiesta de la infancia. A Elena aquella mujer se le antojaba de pronto como una desconocida, no tenía ni idea de que hubiera leído los poemas de Ramir, y jamás habría sospechado que se supiera uno de memoria. Él ponía cara de satisfecho, una expresión que hacía tiempo que no había visto. Continuaba publicando y, aunque Elena leía los poemas, ya no le sugería que cambiara ninguna palabra: los versos resbalaban por su mente y enseguida se perdían. Las presentaciones le parecían todas iguales. Cuando Pilar se marchó, Ramir volvió a ponerse delante de la pantalla y ella cogió el sueño enseguida.

4

—¡Cada día te pareces más a la abuela!

Marc había encontrado a su madre en la cocina, y ella, al oír aquello, sonrió.

—¡Yo también lo pienso!

Estuvo a punto de decirle que, cuando se ponía delante del espejo, veía la imagen de su madre, pero pensó que aquello formaba parte de su intimidad. Ramir arrastró los pies hasta allí, pidió café y se fue al lavabo. Más tarde, sentado al lado de su hijo, Ramir empezó a hablarle de Pilar y de él. Cuánto hacía que se conocían, cómo eran los padres de ella..., y acabó diciendo que habían sido novietes, pero que al final él se había casado con Elena. Ella lo escuchaba desde la cocina y encontraba sorprendentes sus palabras, una novedad, pero no quería prestarle demasiada atención. Ramir continuó hablando de otras mujeres que le habían gustado, mientras Marc le gastaba bromas que él parecía no escuchar.

Elena se reunió con ellos. Llevaba una cafetera y tazas. Ramir le dirigió la palabra:

—¡Quizá crees que no podría haberte engañado decenas de veces!

—Al contrario. Me engañaste una vez y podrías haberlo hecho muchas más. Yo no te engaño, te he dicho lo que hay.

—Había una mujer que escribía poemas. De acuerdo, eran un auténtico desastre, pero ella estaba muy buena. Quería que le escribiese un prólogo para su primer libro y me perseguía como una loca. Tuve que frenarla, porque no solo te habrías enterado tú, sino el barrio entero.

—Papá, me parece que ahora todo esto...

—Follaba bien, eso se ha de reconocer.

—¡Voy a cambiarme!

—¿Te asusta la palabra *follar*, Elena? ¿Y a dónde ibas los días que no comías en casa? Al salir estabas pálida como el papel de fumar y cuando volvías tenías las mejillas encendidas.

—¿Desde cuándo te fijas en el color de mi cara?

Se fue. Mientras se encaminaba hacia la habitación pensó que había necesitado traspasar la barrera de la fidelidad para que su marido volviera a mirarla. *Traspasar*, sí, vaya palabra. Debían separarse, pero no tenía fuerzas para acelerar las cosas ni para discutir. Para reprocharle al presente sensaciones antiguas.

Tras tomarse el café, Ramir dijo que se encontraba mal y se volvió a la cama. Le confesó a Marc:

—Quizá ayer, con la alegría de la visita de Pilar, bebí demasiado. ¡Cómo me equivoqué!

—¿Cuándo?

—No importa. Me encuentro mal.

—Te acompaño a la cama.

Marc y Elena continuaron hablando, pero en un tono diferente. Marc se explayó a gusto acerca de su nuevo amor. De pronto vio que su madre estaba triste y le preguntó qué le ocurría. Ella le dijo que sabía lo que tenía que hacer, pero no cómo comenzar. Marc deseaba que sus padres arreglaran sus problemas, no quería que se separasen.

El chico no entendía que su padre hablara ahora de las mujeres que le habían gustado en el pasado, parecía que quisiera competir con Elena. Marc habló de Iker, el colega de su madre al que los dos querían tanto. Quiso saber si él se le había declarado, si le había propuesto que se fueran juntos, y Elena le contestó que sí. Todavía ahora la trastornaba recordar la tristeza de su compañero y cómo a ella se le había abierto una herida que le escocía profundamente; había llorado y llorado, y siempre a escondidas. Marc le preguntó si se lo habría llevado con ellos.

—¿Lo dudas?

También quiso saber si había habido alguien más después de Iker, alguien que hubiera hecho que su corazón se acelerara. Y ella recordó unos cursos de verano en los que un profesor les había hablado de didáctica, un hombre maduro, brillante y atractivo. Pero aquello había sido algo fugaz. La mirada de él fija en la suya mientras hablaba. Una conversación en el acto de clausura, las bromas que le hicieron unas compañeras que se habían dado cuenta...

—¿Por qué no nos fuimos con Iker?

Escucharon un gemido y corrieron hacia el dormitorio. Ramir estaba muy sudado y se quejó de que se mareaba. Elena le pidió a Marc que llamara a emergencias mientras ella le desabotonaba la camisa e iba a buscar agua.

La conversación no continuó. Los dos se quedaron en silencio, pendientes de Ramir, que tras decir que estaba mareado había cerrado los ojos. Elena pensaba que la excusa que se había dado para no dejar a Ramir fue el hijo, la esperanza de recuperar lo que había sentido por su marido. Cuando el médico llegó, exploró a Ramir y extendió varias recetas. Tenía la presión alta y le aconsejó una visita al cardiólogo. Marc fue a la farmacia, y ella se quedó pensando en aquellos dos hombres. ¿Habría sido feliz con ellos? Seguramente había sido una cobarde y había echado a perder su segunda juventud. Pero, además, la razón que ella había esgrimido para no dar el paso, su hijo, no encerraba toda la verdad. Ramir le había abierto los ojos. Elena había querido demostrar a sus compañeros de la escuela que estaban equivocados. No dejaría a su marido por Iker. Todos se creían muy listos, pero su orgullo sería más fuerte que ellos.

Ahora era una superviviente, como Armand, y seguramente lo que los había unido era la desesperación. Ramir descansaba tranquilo y Marc se marchó. Ante el espejo, con la cara sin rastro de lágrimas, Elena se enfrentó a su imagen. Ahí, a un lado y otro de su nariz, estaba la mirada de su madre. ¿Qué podía significar aquello? Ella siempre se había parecido a su padre, o al menos eso era lo que siempre había oído decir. Y sin embargo ahora se acordaba de Marisa, su madre, que no quería que se casase con Ramir y que había intentado prevenirla contra él:

—Es todo cabeza, todo palabras. Es vanidoso. ¡No será un buen compañero para el día a día!

Su madre, más preocupada por el futuro que por el presente. Como todos. Quizá mañana o pasado mañana, quién sabe. También ella había caído en la trampa del futuro. Por suerte, la irritante imagen de un bostezo había hecho que se despertara.

5

En los hospitales, los pasillos son ríos de pasos en diferentes ritmos. El caminar ágil de los auxiliares y las enfermeras, a menudo acompañadas de carritos, contrasta, sin descartar alguna carrera aislada, con el paso generalmente más ponderado de doctores y doctoras. Los familiares y amigos de los pacientes se desplazan a través de la desorientación inicial con pasos lentos que los conducen a donde no toca, para llegar más tarde —tras preguntar una y otra vez— a la siguiente certeza. Y descubren entonces que el lugar en el que se encuentran, el que tanto anhelo pusieron para encontrar, suele llevarlos a una situación de estancamiento. Es exactamente a donde querían llegar, a menudo sin ser todavía conscientes de que se trata del peor destino al que podían ir a parar. Los cuidados intensivos es el sitio donde un familiar consigue captar el sentido más profundo de la inutilidad y donde su presencia no obtiene otra respuesta que una soledad casi absoluta.

Elena, sentada junto a Ramir, que estaba intubado, había recorrido todos los pasos que conducían al no-lugar. Hubiera sido de mal gusto llamar a Armand para que la acompañara en ese momento. Los hermanos de Ramir estaban muertos, y sus sobrinos vivían en otras ciudades. Evidentemente, al primero que había llamado era al hijo de ambos, pero Marc aún tardaría en llegar, y ella se dio cuenta de que, a esas alturas, lo único que podía hacer era esperar en silencio. Del personal sanitario recibió únicamente la escueta información que podían proporcionar.

Cuando ya había perdido la noción del tiempo en aquel pasillo especial y había optado por cerrar los ojos, percibió un crujir de ropas, pero no era su hijo ni tampoco Armand. A quien vio enfrente fue a su compañera Pilar.

—Pensaba que dormías...

—No. Aquí... ¿Quién te lo ha dicho?

—¿Cómo está?

—Hay que esperar a que su cuerpo reaccione para que puedan operarlo o administrarle algún tratamiento.

—Pero ¿hay esperanza?

—Si no la hubiera...

Más que la pregunta, los ojos de Pilar, que parecían llorosos... Justo entonces entró la médica, y la compañera de Elena dejó de prestar atención a su titubeante respuesta. Pilar se levantó de golpe y se abalanzó sobre la doctora diciéndole que era muy importante para ella ver a Ramir. La médica miró a Elena, fijándose por primera vez en lo redondos que eran sus ojos, mientras Pilar, sin esperar respuesta alguna, la siguió hacia el interior susurrándole algo al oído. Elena cerró los ojos y repitió para sí la palabra *esperanza*, ¿o había sido *esperanzas*?, preguntándose por lo que había dicho Pilar.

Al cabo de poco, un leve sonido de pasos y también de ropas le hizo abrir los ojos y vio a Pilar de espaldas, apresurándose hacia la salida.

Un rato después llegaron Armand y Marc, uno detrás del otro, con unos segundos de diferencia. Si lo hubiesen hecho por separado, ella se habría abrazado al primero de los dos, fuese quien fuese, y hubiera reposado su desconcierto sobre el hombro de uno o del otro. Pero ahí tenía a los dos, juntos, y abrazó con brevedad a cada uno. Los presentó, y ambos se dieron la mano. Los informó de las pocas novedades que había. Marc entró a ver a su padre. Entonces, Armand besó suavemente los labios de Elena apretando su cuerpo contra el de ella. Elena le dijo muy seria que tenían que hablar.

—Ha venido Pilar y ha pedido entrar diciendo

que era muy importante para ella y alguna otra cosa que no he podido oír. Después, al salir, ni siquiera se ha despedido de mí, cuando he reaccionado ella ya se había marchado disparada.

Él la miró desde muy cerca y le buscó las manos para agarrarlas entre las suyas. Su barbilla le pareció como una barca a punto de zozobrar en un mar en calma.

A Elena le hubiera gustado decirle que, durante la inacabable espera en cuidados intensivos, había ojeado las ofertas de los periódicos y que, días atrás, había ido a visitar un apartamento en el barrio. Pero no podía hablar, no le salían las palabras.

6

El apartamento era casi nuevo, tenía sesenta metros cuadrados y un balcón amplio y luminoso que daba a una zona muy tranquila. Un dormitorio, una sala de estar con una barra americana junto a dos fogones y la nevera. Había empleado todos sus ahorros y el dinero que su padre le había dejado para la entrada y para comenzar a pagar la hipoteca. Al despertarse cada mañana o al regresar de la calle, todavía lo miraba sorprendida. Le encantaban los armarios vacíos o a medio llenar, las paredes sin cuadros, el espejo sobre el lavabo (el único que había en toda la casa).

Aquel verano se hizo largo. Marc se resistía a aceptar que sus padres se habían separado, algo que habría aceptado años atrás. El motivo: eran demasiado mayores. Juntos las habían pasado de todos los colores. Él pensaba que debían reconciliarse. Creía que tanto Armand como Pilar eran meras anécdotas. A fuerza de hablar con Elena se había abierto alguna brecha en su cerrazón, pero no lo suficiente como para que cambiase de idea. Hasta que un día le presentó a Lluís a su madre. El joven se rio de los argumentos de su pareja delante de él y de Elena. Era vehemente.

—O sea, que, para ti, a partir de determinada edad ya no es posible amar a alguien o decidir irse a vivir solo o dejar una relación larga porque da pereza cambiar, ¿no?

Aquello había enojado a Marc, si bien las caricias de Lluís sirvieron para que se apaciguara. Al poco rato, tras darle la mano a Lluís y un abrazo a su hijo, Elena se había marchado. No se esperaba algo así de Marc.

Un día comieron los tres juntos, padres e hijo. Ramir parecía tranquilo y el encuentro fue agradable. Desde entonces, la resistencia de Marc a la nueva situación, que para Elena se alargaba como un curso con asignaturas pendientes, había empezado a ceder.

Del piso familiar, Elena había sacado pilas de libretas, carpetas llenas de apuntes, trabajos infantiles que apenas recordaba o que había olvidado del todo. Los libros de didáctica que aún conservaba. No pensaba revisar nada de aquello. Metió en una maleta la ropa que solía utilizar y puso en bolsas grandes las prendas que aún le iban bien pero que hacía tiempo que no se ponía. Había muchos objetos, sobre todo la cerámica popular que había coleccionado durante años y que tanto le gustaba. Se quedó con dos piezas y regaló el resto. Libros de poesía que había leído con fruición y que estaban llenos de notas escritas al margen, junto a los versos. No tenía ninguna intención de releerlos: los regaló. Música: se quedó con la mitad de sus CD.

Muchas de las cosas que durante años habían estado a su alrededor le sobraban, como buena parte de lo que había vivido. Pensó: ¿quizá debería decir «de lo que he dejado de vivir»? Conservó los libros que Ramir había escrito. Pensaba leerlos todos, del primero al último, con la mirada del presente. Pero no tenía prisa, ni siquiera ahora que sabía que el tiempo se escurría entre sus dedos. Casi todo había caducado; le quedaban las horas en la escuela. Tenía el presente, y estaba dispuesta a convertirlo en una serie de momentos o de horas dignos de querer ser vividos. Al pasar por delante del espejo, no se había acordado de su madre.

V

Decisiones

I

Había pasado otra larga jornada sin ver a Elena tras nuestra llegada de Bournemouth. Ante mi insistencia, nos encontramos en la entrada del mercado de Hostafrancs. Ella lo quiso así, aunque yo hubiera preferido mi piso sin polvo, con el suelo recién fregado, un ramo de claveles rojos sobre la mesa y las sábanas nuevas.

La encontré diferente, como si hubiéramos pasado una temporada sin vernos. Su cara pálida guardaba un secreto entre el cerco de los ojos y la boca, algo que ella retenía para que no se le escapara. Observé que se esforzaba por parecer animada y natural como cuando paseábamos encandilados —entonces de forma espontánea— por la ciudad inglesa en la que vivía mi hijo. Sospechaba que intentaba disimular algo que no iba a gustarme: desde hace tiempo poseo olfato de detective. Tras un rato dando vueltas, hablando con dificultad entre el ajetreo de los clientes y bajo la cruda iluminación de los tenderetes, y una vez compradas las cerezas que ella tanto deseaba, le tiré de la mano y la llevé a la calle. Pese al estallido de la luz natural y de las bocinas de los coches, cuando no de sus frenos, empecé a respirar mejor.

—¡Vamos a casa!

Ella prefería tomar un café en «nuestra cafetería», la del primer día, donde la había encontrado. Le di recuerdos de Antoni y Annie, y ella me sonrió con aquellos labios vivaces que yo deseaba besar. Me dijo que habían sido unos días muy hermosos: aquel paisaje cautivador, la joven y feliz pareja, la ternura que despertaba la pequeña.

No pude aguantarme más. Le pregunté directamente cuáles eran entonces los peros. ¿Qué estaba pasando?

—Parece que te estés despidiendo.

Me miró a los ojos, cosa que hasta ese momento había hecho solo de pasada, y desvió enseguida su mirada hacia otra parte.

Su tono era serio. Los días lejos de Barcelona le habían permitido reflexionar. Se había dado cuenta de que había sido injusta con su hijo, me dijo. Quizá también con Ramir. No íbamos bien. Al oír el nombre del marido sentí una punzada aguda en el pecho. Pese a que entonces hizo una pausa, enseguida continuó. Ella es así. Al final siempre acaba adornando cualquier situación que pueda resultar molesta. Me sonrió y me dijo que en Inglaterra había sido muy feliz, que siempre estaría en deuda conmigo por aquella maravillosa visita a Tyneham.

—¿Pero...?

Había pensado en la escuela desde otro punto de vista, prosiguió como si no me hubiera oído. Y el caso es que se había dado cuenta de que no había pasado el duelo por la pérdida de su querido trabajo. La jubilación era para siempre. Ya no volvería a ver las caritas de aquellos pequeños que la miraban confiados.

—Ahora tienes la mía, no es tan pequeña y es mucho más fea, no se puede comparar con la de los niños, ya lo sé, pero te juro que te miro con toda la confianza del mundo.

Elena sonrió, y al hacerlo su mentón se estiró como si fuera una barca de pesca. Sus ojos parecían desmentir la sombra que asomaba bajo ellos. A menudo me pasa que, cuando me pongo serio al hablar, hago reír a quien me escucha. Me pareció que así estaba todavía más guapa y no quería que dijera nada. Le agarré la mano. Justo entonces dejaron los cafés sobre la mesa y se la solté.

Una pesada carga había caído sobre mí con un fuerte golpe. Por suerte añadió:

—No me gustaría perderte.

Pero el daño ya estaba hecho. Estallé. Era yo el que la estaba perdiendo sin saber por qué, le dije. Debería haberme mordido la lengua; las sombras cubrieron de nuevo su mirada. Pero yo llevaba demasiado tiempo callado y tenía miedo. Elena me había salvado la vida. Había pensado que ella lo sabía, que lo había comprendido desde el primer momento, pero ahora me daba cuenta de que no era así. Ella no entendía que durante años me había arrastrado por el mundo para sobrevivir. En aquel preciso momento comprendí que la señora Culpa se había apoderado de ella y amenazaba con separarla de mí.

—¿Qué pasa?

—Necesito tiempo, pensar a solas.

Tiempo era lo único que no nos sobraba. ¿A solas? No me convenía para nada. Le hice prometer que nos veríamos aunque solo fuera un día a la semana. Si llego a saber que me diría que sí, le pido tres citas como mínimo. Le dejé escoger el día, también la hora y el lugar, aunque no pude evitarlo y le dije que me parecía que la opción más cómoda era mi piso. Sentenció que sería en la calle de Sants con Olzinelles, el domingo a las cinco: el día y la hora de las sirvientas de antes.

2

Nunca me gustaron los domingos. Durante los largos años de inacabables jornadas laborales, me parecía que la fiesta que clausuraba la semana también ahogaba la ilusión del tiempo libre que precedía al sábado y el domingo. Me sentía cada vez más asfixiado a medida que pasaban las horas que llevaban al atardecer y, enseguida, a la noche, la víspera del lunes.

A partir de entonces, sin embargo, el domingo se convertiría en la única luz que iluminaba el resto de la semana. Nos encontrábamos cuando yo llevaba ya rato midiendo la calle de Sants con mis pasos, mirando los escaparates sin fijarme en ellos, deteniéndome en los espacios estrechos bajo el vidrio transparente de los quioscos cerrados, donde se exhibían revistas que nunca compraría y que sin embargo miraba con atención.

Estar con Elena era lo único que me importaba.

Ya que no podía hacer nada más, me contentaba con verla y tomarla de la mano. Era mejor no hablar, pues las palabras me rasguñaban con facilidad. Tras un tiempo de acuerdos y de libertad, un tiempo de felicidad, de pronto había condiciones. Habían comenzado justamente después del viaje a Gran Bretaña, donde mi amor por ella se había hecho más grande al descubrir una faceta familiar que no esperaba y que me había servido para curar las heridas provocadas por la distancia entre mi hijo y yo. Había sentido cómo él y su familia aprobaban mi presente. Pero, como en el cuento de *La Cenicienta*, la carroza se había convertido en calabaza.

Aquel segundo domingo después del viaje, a Elena no le apetecía pasear y me propuso ir a sentarnos a «nuestra» cafetería. Estábamos en la calle Olzinelles, esquina con la calle de Sants. Yo tenía el piso como una patena, no había estado tan limpio y ordenado desde su inauguración, cuando Remei —entonces joven y llena de ilusión— y yo lo habíamos dejado como recién estrenado.

Al ir a sentarnos uno frente al otro, me dijo que no podría quedarse mucho rato porque su marido estaba enfermo. Al escucharla, yo también me sentí de golpe enfermo y me quedé callado, como si sus palabras hubiesen sido piedras lanzadas a un pozo con dos palmos de agua y fuera necesario prestar mucha atención para escuchar el impacto. De pronto, tuve ganas de levantarme e irme. La miré con una sonrisa pretendidamente burlona. La vi un poco ojerosa y me pareció que estaba más delgada. Intenté serenarme.

—¿No me dices nada?

—Solo puedo decirte que te amo, que te quiero a mi lado el tiempo que nos quede si estamos bien el uno con el otro.

Retiró la mano que le tenía agarrada. Me dijo que no sabía qué le pasaba. Hablar con su marido y su hijo había hecho que se cuestionara su comportamiento en el pasado, ahora dudaba de si había actuado de la manera adecuada, de si había tomado las decisiones correctas.

—Está claro que deberías haber dejado a tu marido hace muchos años.

—Me he negado la felicidad más de una vez y lo cierto es que no sé por qué.

Y entonces me habló de un compañero de la escuela de quien se había enamorado. Ella, con una profunda pena, había dejado que se fuera de su lado.

—¿Y ahora quieres hacer lo mismo?

Ahora no era lo mismo que entonces. No, era peor y, en algún aspecto, mejor. Pero esto último nos lo habíamos callado el uno al otro.

—¡Vamos!

La gente del domingo por la tarde nos esperaba en la calle. Algunas parejas iban a divertirse a la sala de baile y gimnasio de la acera de enfrente. Chicas de cabello liso, morenas y rechonchas, caminaban sobre altos tacones rozando sus rodillas mientras con sus faldas estrechas marcaban decididas las curvas de sus cuerpos. Vista desde fuera, la vida se antojaba luminosa y amable mientras caminábamos vacilantes. Podíamos pasar por un matrimonio que se dirigía al cine de barrio a disfrutar de la tarde de fiesta con una película, o que, siguiendo su rutina, estaba a punto de entrar en el metro para ir a visitar a los nietos o a un pariente enfermo. Fuera cual fuese nuestra apariencia mientras avanzábamos por la tarde en medio de la gente, no tenía ningún valor. Yo era un enamorado al que hacía poco le habían otorgado la gracia de recibir más oxígeno para respirar mejor, aunque ahora había de sacar fuerzas de flaqueza para enfrentarme a un cielo que parecía dispuesto a caer sobre mí y acabar conmigo. Solo sus abrazos podían salvarme.

Ya en el piso, el ramo de claveles rojos sobre la mesa nos alegraba la vista.

3

Volví a clase de yoga como un prisionero que sabe que ese día lo castigarán sin salir al patio. Ramir estaba ingresado. Elena me lo había dicho en una llamada a primera hora de la mañana que, antes de que ella empezara a hablar, había disparado todas mis expectativas. En ningún momento renuncié a la posibilidad de que ella, aunque fuera tarde, viniera a la sesión. En una de las ocasiones en que la puerta del aula se abrió, para dejar paso a la señora más mayor, la enamorada de las virtudes del yoga, me encontré con la mirada de Pilar, que esbozó una sonrisa. Pensé que tal vez ella sabía más acerca de la situación de Elena. A la salida, me estaba esperando. Comenzó por hablar de la clase, mientras yo me impacientaba. Y finalmente dijo:

—Me extraña que Elena no haya venido.

—Ramir ha tenido un infarto y está en el Hospital Clínico.

Dejó de sonreír de golpe y, al cabo de unos instantes, me dijo adiós.

Después vinieron días extraños. Yo telefoneaba a Elena y ella me hablaba en voz baja y no me decía casi nada. Ramir se encontraba en una situación delicada. No había respondido bien al tratamiento y lo habían trasladado a cuidados intensivos; no se sabía lo que podría pasar al instante siguiente. Yo no le contaba lo mucho que la echaba de menos. Hacerlo en aquel momento me parecía indecente. Me limitaba a ofrecerle ayuda para cualquier cosa que necesitara y a darle ánimos. Al mismo tiempo, la atención que Elena prodigaba a la situación de Ramir me abría una panorámica sobre el paisaje que había subestimado. Eran marido y mujer. Cuando estaban en apuros se ayudaban. ¿Qué hubiera pasado de haber sido yo el ingresado?

Nunca antes había estado tan pendiente de los mensajes del móvil. Los que enviaba Elena eran breves y poco explícitos. «Todo igual.» «De momento no se le puede intervenir.» «Médicos y enfermeras, muy amables.» «Estamos como ayer.» Estamos, estamos. El plural me resultaba molesto, por no decir repulsivo. Miércoles, segunda sesión de yoga y aún «estábamos» en cuidados intensivos. Pilar tampoco apareció. Cuando acabó la clase, no pude contenerme. La llamé. Hablamos. Ramir se encontraba en estado crítico.

—Ya hablaremos.

Caminé rumbo a casa. Hacía un tiempo ideal, me gusta el calor. Algunas mujeres lucían unos escotes magníficos y algunos vestidos no eran más que un simulacro de ropa sobre el contorno de sus cuerpos. La haría feliz, la trataría como a una reina, por todo el amor que me inspiraba, por el amor que le habían escatimado o del que se había privado ella misma. No sabía qué pensar de Ramir. Elena nunca le había culpado de la frialdad en la que habían vivido, pero yo no tenía problema alguno en acusarlo. Mientras caminaba, disfrutaba de tres de los sentidos: vista, oído y olfato. Me di cuenta de que empezaba a pensar en Ramir en pasado.

En casa empecé a ponerme nervioso. ¿Qué estaba haciendo allí, mientras Elena permanecía encerrada esperando noticias de alguien que lo había sido todo para ella pero que ahora no representaba más que una equivocación? Yo era egoísta, muy egoísta. Decidí acudir al hospital. De nuevo en la calle, el calor no me hizo tan feliz como un rato antes.

Llegué en el mismo momento que el hijo de Elena. Me pareció un chico atento, sensible. Pero enseguida me convertí en un estorbo. A ella se la veía cansada, pero yo la encontraba tan guapa como siempre y respondió a mis muestras de afecto.

Lo confieso, salí del hospital bastante animado. Sé que no está bien. Que sonaría muy mal si se lo dijera a alguien.

Me veía poniendo el piso en manos de Elena para que lo transformara a su gusto. Me veía a mí mismo lleno de energía, como un Sansón, trasladando todas sus pertenencias a mi casa en cuatro viajes. Hice planes para celebrarlo con mi hijo y su familia, los cinco, ya fuese en Inglaterra o en la costa mediterránea, pues cualquier lugar sería ya mi patria. Parecía difícil que una fortuna tan inmensa como la que me esperaba pudiera encajar en mi mente, que, a fuerza de años de tozudez solitaria, se había vuelto oscura como un pasadizo estrecho y sin ventanas.

El principal obstáculo para que ella y yo estuviéramos juntos parecía a punto de desaparecer. Sabía que aquello no estaba bien, pero la vida me había ido en contra en otras ocasiones. Ahora estaba de mi parte.

4

Tardaría mucho en saber que Pilar, después de hablar conmigo en la última clase de yoga, había ido al hospital, a cuidados intensivos, y se había abrazado a Elena y había llorado sobre su hombro derecho mientras ella se hacía un montón de preguntas. Pilar había pedido entrar a ver a Ramir y había salido muy pálida. Por la noche le había contado a Elena una larga historia, tan larga como la relación que mantenía con Ramir a escondidas de ella. No hubiera hecho falta que se sincerara. Al verla de aquella manera, Elena lo había adivinado. De hecho, lo había tenido ante sus narices el último día, cuando la había invitado a cenar a casa, pero entonces no había acabado de entender por qué Pilar miraba así a su marido, la expresión de Ramir cuando ella había entrado y él se había levantado a saludarla de aquella manera, como si llevaran mucho tiempo sin verse y la sorpresa le hiciese levitar. En el hospital, pasado el peligro, Elena volvería a ver la expresión de interés de su marido, una ternura que ella creía desaparecida para siempre. En cualquier caso, sería solo una vez.

Cuando volví a ver a Elena, Ramir se había despertado y lo habían trasladado a planta. Estaba consciente y no se temía por su vida, pero seguía muy débil. Todavía se planteaban la posibilidad de operarlo. Pero había otra noticia, que me conmocionó aún más.

—Me he comprado un apartamento.

Una empresa se haría cargo de sus cosas, si bien pensaba tirarlo casi todo. Lo tendría a punto para cuando él saliera del hospital. No había esperado a que Ramir pudiese responder a su decisión de abandonarlo. A modo de despedida, le había deseado que se recuperase lo antes posible.

El que necesitaba recuperarme era yo.

Elena estaba locuaz como nunca. Continuó describiendo su estado después de haber dado aquel paso tanto tiempo meditado. Me dijo que había caminado desde el hospital hasta su casa sin detenerse ni un momento. Cada cosa habitual con la que se había topado durante el camino le había parecido nueva, y había esquivado a dos vendedores de lotería, a una viejecita que exigía limosna con convicción, casi de forma agresiva, y a dos jóvenes que lo hacían con indiferencia, tirados en el suelo. Había dejado volar su mirada por más de una decena de escaparates con ofertas de todo tipo, algunos de ellos dispuestos de forma atractiva. Sudaba y sudaba, tenía mucho calor y se fue desprendiendo de todas las prendas de vestir posibles. Tras haberse acostumbrado al ambiente gélido de cuidados intensivos y después al de la planta, donde siempre acababa con los pies fríos y poco a poco se iba quedando agarrotada, ahora, al caminar bajo el sol, la calle le parecía una especie de sauna.

Entre líneas, entendí que Elena quería vivir sola. No tenía ningún argumento con que rebatirla, si bien se me ocurrían un montón de razones para que se viniese a vivir conmigo. La más importante: hacernos compañía y cuidar el uno del otro. Pero intuía que decirle algo en contra de lo que había decidido en el tiempo de descuento no serviría de nada y, en cambio, podía llevarla a rechazar a la persona que se lo proponía, es decir, a mí. En ese momento de su vida necesitaba estar sola, saber que podía ser independiente, y yo esperaría a que se sintiese así, sola, antes de proponerle un tándem.

Nos veíamos en clase de yoga y, al acabar, tomábamos algo juntos. De vez en cuando le proponía ir a comer y acostumbraba a decir que sí. Las tardes de los sábados y los domingos íbamos a dar una vuelta o al cine o al teatro. Yo mantenía mi piso limpio y ordenado. Cada semana me obligaba a revisar algún cajón o algún armario y continuaba donando libros, tirando objetos viejos y ropa. Le propuse venir a mi casa varias veces, pero nunca aceptó. Los ramos de flores de encima de la mesa se marchitaban esperándola, y luego yo, de mal humor, los echaba a la basura, tal como había dejado aquellos vestiditos de niña en una papelera, aquellos vestiditos que eran para Remei lo único que quedaba de nuestra hija.

Pero un día Elena me dijo que me invitaba a cenar. Era viernes. Y, después de una larga conversación, me quedé a dormir en su casa.